读者丛书
DUZHE CONGSHU

驶向群星深处

读者丛书编辑组/编

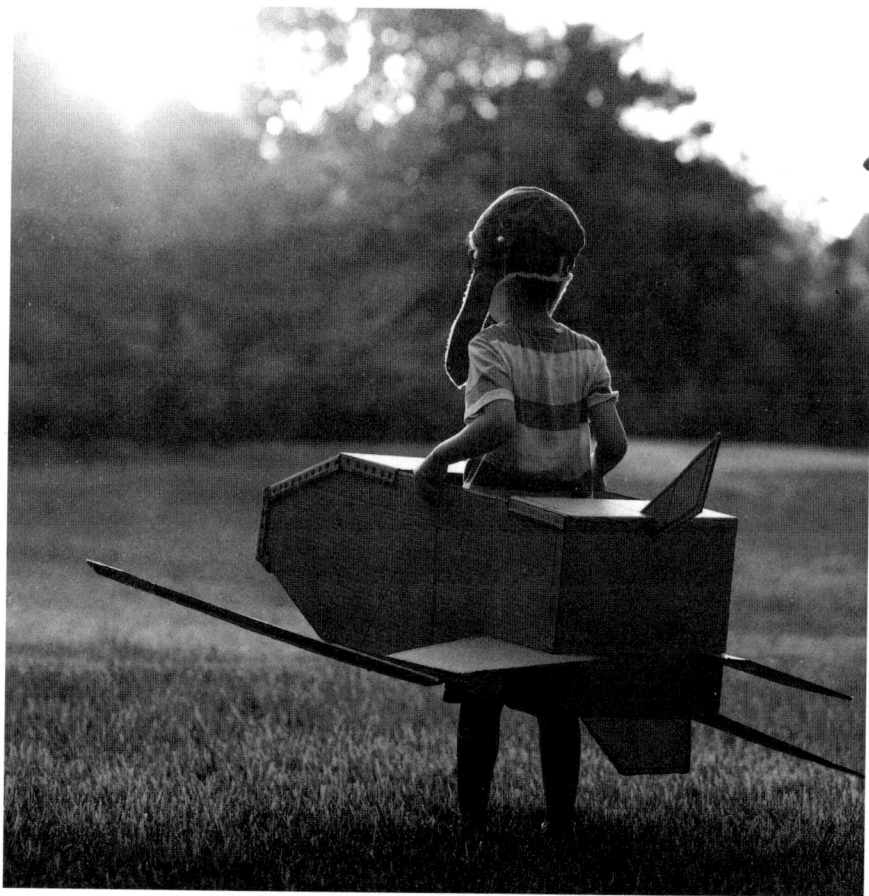

读者出版传媒股份有限公司
甘肃人民出版社

甘肃·兰州

图书在版编目（ＣＩＰ）数据

驶向群星深处 / 读者丛书编辑组编. -- 兰州 : 甘
肃人民出版社, 2022.10 （2024.4重印）
ISBN 978-7-226-05828-2

Ⅰ. ①驶… Ⅱ. ①读… Ⅲ. ①散文集－中国－当代
Ⅳ. ①I267

中国版本图书馆CIP数据核字(2022)第091656号

出 版 人：刘永升
总 策 划：刘永升　马永强　李树军
项目统筹：宁　恢　高茂林
策划编辑：高茂林
责任编辑：高茂林
助理编辑：李舒琴
封面设计：裴媛媛

驶向群星深处
SHIXIANG QUNXING SHENCHU
读者丛书编辑组　编
甘肃人民出版社出版发行
（730030　兰州市曹家巷1号新闻出版大厦14楼）
三河市嵩川印刷有限公司印刷
开本 710 毫米×1000 毫米　1 / 16　印张15.25　插页2　字数192 千
2022年10月第1版　2024年4月第2次印刷
印数：5001~10000
ISBN 978-7-226-05828-2　　定价：39.00 元

目　录
CONTENTS

没有天赋怎么办

冯 唐

我们经常会面临一个巨大的困扰：这件事我必须做，但是我真的没有天赋把它做好，怎么办？两个字解决这个问题——"有常"。简单地说，就是坚持，没天赋也能活，甚至能活得挺好。

举一个曾国藩的例子，他说："人生唯有常是第一美德。"人生的第一美德，是你能坚持做一件事。他拿自己写毛笔字做例子，"余早年于作字一道，亦尝苦思力索，终无所成"。他在写毛笔字这件事上，非常努力地去思考和尝试，结果呢，什么变化都没发生。

"近日朝朝暮写，久不间断，遂觉月异而岁不同。"最近每天写，一直坚持没间断，就会发现每月都有所不同，每年都有点进步。"可见年无分老少，事无分难易，但行之有恒"，从这件事可以看到，其实不分年纪大小、事难做不难做，只要你有恒心、恒行，都能成功。这是曾国藩告诉我们的，如果在你必须做的事上，没有天赋该怎么办。

为什么说写字对曾国藩来说是一件必须做的事？因为从唐朝开始，人们就是从"身、言、书、判"这四点，去判断一个人能不能干，值不值得被信任，会不会进一步升官。而皇帝喜不喜欢一个人，"书"也是一个很重要的因素，也就是一个人能不能写一手好的毛笔字。

曾国藩在其他三个方面强，在书法上却没有天赋，但是他的书法够实在、够用，也不难看。没有天赋，想多少也没用，你的天花板摆在那儿，你成不了王羲之，也成不了王献之。但没有天赋，不意味着没有成果，你形成一个好习惯，坚持做下去就会见效。

曾国藩在书法上没有天赋，但是下了功夫。他每天都写，写出了一手不难看的字，自娱自乐，间接能娱人，也能应酬，给寺庙题个匾额，给同僚写个对联，够陈设，够美观，不丢份。有个很有意思的现象，曾国藩在书法上没有天赋，只是写得说得过去，但他的书法到现在价格都不错，字因人传。买字的人能从曾国藩亲手书写的笔触里、文字里，汲取到精神力量。书法本身的美重不重要？重要。是不是绝顶重要？倒不一定。

另外，能够到自己的天花板，也不是件容易的事。很多人认为自己没天赋，索性就不够了。懒人说，路上有狮子，我就不上路了。还有些人，没有够到自己的天花板，这就过不去了。这都有问题。

从我个人来说，我没有天赋或者天赋较少的方面是财务。我27岁念MBA之前学的都是理工科、医科，对财务一窍不通，而且我确定怎么把两个账配平、把一个账本研究透，不是我的天赋所在。我用的办法，有点像曾国藩练书法，多学我不懂的，多学我没天赋的。MBA只读两年，我学了六门财务课——金融会计、成本会计、税法、财务报表分析、企业金融、中级会计，占了我MBA课程的近40%。

　　MBA的这些课程对我造成的短期影响全是不良的，很累，睡不好觉，吃得也少，课程成绩不好，老师也不喜欢我，但长期的好处就是补足了我在财务方面基本功的不足。中长期的好处是，现在别人拿财务报表骗不了我。我能配平账，也能看懂资产负债表、损益表、现金流表，甚至能看懂七七八八的税，当个独立董事没有问题。

　　在必须做的事上，没有天赋怎么办？迎难而上，我就干它，我多安排时间干它。

（摘自《读者》2021年第20期）

归来仍是少年

黄国平

　　我走了很远的路，吃了很多的苦，才将这份博士学位论文送到你的面前。二十二载求学路，一路风雨泥泞，有许多艰辛。

　　我出生在一个小山坳里，母亲在我十二岁时离家。父亲在家的日子不多，即便在我病得不能自己去医院的时候，他也仅是留下勉强够治病的钱后又走了。我十七岁时，他因交通事故离世，我哭得稀里哗啦，因为即便以后得了再重的病也没有谁来管我了。同年，和我住在一起的婆婆病故，我真的无能为力。她照顾我十七年，下葬时却仅有一副薄薄的棺材。另一个家庭成员是老狗小花，它为父亲和婆婆守过坟，我因后来进城上高中而不知它命终于何时何处。如兄长般的计算机启蒙老师邱浩没能看到我的大学录取通知书，对我照顾有加的师母也在年届不惑之前匆匆离开人世。每次回去看他们，这一座座坟茔都提示着我生命的每一分钟都弥足珍贵。

人情冷暖、生离死别固然让人痛苦与无奈，贫穷却可能让人失去希望。家徒四壁，在煤油灯下写作业或者读书都是令我最开心的事。如果下雨，"保留节目"就是用竹笋壳塞进瓦缝防漏雨。高中之前，我的主要经济来源是夜里抓黄鳝、周末钓鱼、养小猪崽和出租水牛。那些年，方圆十公里的水田和小河都被我用脚测量过无数次。被狗和蛇追，半夜落水，因蓄电瓶进水而摸黑逃回家中；学费没交，黄鳝却被父亲偷卖了，然后买了肉和酒，这些都是难以避免的事。

人后的苦尚且还能克服，人前的尊严却无比脆弱。上学时，我因拖欠学费而经常被老师叫出教室约谈。雨天湿漉漉地来上课，我的屁股后面说不定还粘着泥。夏天光着脚走在滚烫的路上，冬天穿着破旧衣服打着寒战穿过那条长长的过道领作业本。这些都可能成为压垮骆驼的最后一根稻草。如果不是考试后常常能从主席台领奖金，顺便能贴一墙奖状满足我最后的虚荣心，我想我可能早已放弃。身处命运的旋涡，耗尽心力去争取那些可能本就是别人看来稀松平常的东西，每次转折都显得那么身不由己。幸运的是，命运到底还有一丝怜惜我。进入高中后，学校免了我的全部学杂费，胡叔叔一家帮助我解决了生活费。进入大学后，计算机终于成了我一生的事业与希望，胃溃疡和胃出血也终与我作别。

从我家出发，坐大巴需要两个半小时才能到县城。从小我就一直盼望着能走出大山。从炬光乡小学、大寅镇中学、仪陇县中学、绵阳市南山中学，到重庆的西南大学，再到中科院自动化研究所，我也记不清有多少次因为现实的压力而觉得自己快扛不下去了。这一路，我的信念很简单，就是把书念下去，然后走出去，也不枉活一世。世事难料，未来我注定还会面对更为复杂的局面。但因为有了这些点点滴滴，我已经有勇气和耐心面对任何困难和挑战。

　　理想并不伟大，只愿年过半百，归来仍是少年。我希望还有机会重新认识这个世界，不辜负这一生吃过的苦。最后，如果我还能做出点让别人生活更美好的事，那这辈子就赚了。

（摘自《读者》2021年第11期）

世界科学中心的五次大转移

向 由

诺贝尔奖成为一种具有指标性意义的奖项，这并不在诺贝尔本人的预想之中。

诺贝尔奖科技类奖项的评选标准，历经多次变革，有的内容甚至违背了诺贝尔本人的意愿。1895年，也就是诺贝尔去世的前一年，他原本设立的遗嘱是这样的："我所留下的全部可换成现金的财产，将以下列方式予以处理……成立一个基金会。它的利息每年以奖金的形式，分配给那些在前一年为人类做出杰出贡献的人。"

诺贝尔本人的遗愿是，获奖者是在前一年有所贡献的人。

然而，后来的诺贝尔奖评委会在决定颁奖前，会对获奖者进行长时间的考察。

这就导致了很多遗憾。比如，女生物学家罗莎琳德·富兰克林对20世纪最伟大的生物学发现——DNA分子的双螺旋结构——贡献很大，然而在今天，人们关于这项成就的记忆，只有两位科学家：沃森和克里克。

原因很简单，在诺贝尔奖评委会决定颁奖时，富兰克林已经去世了。类似的遗憾有很多。坊间有传言，林语堂、沈从文等人去世得早，是他们没有获得诺贝尔奖的原因之一。

只此一个变化，就改变了诺贝尔奖的"意义"。

诺贝尔本人的想法是，通过鼓励杰出贡献者，来支持他们的科研事业，所以获奖的时间不宜太迟。要知道，早期诺贝尔奖的3万美元奖金，可以支持一个科学家无负担地进行20年科研工作。

但在今天，当诺贝尔奖颁发时，大多获奖者早就功成名就了，奖金的支持意义被削弱。

尽管有这样或那样的遗憾，但这一变化，却让诺贝尔奖有了"终身成就奖"的意义。而这，是它迈向世界性参考指标的第一步。

科技史还是私人史

尽管诺贝尔本人对获奖者获奖时间的规定后来没能贯彻，但它以另一种形式被执行下来。即在颁奖时，奖项并不针对获奖者本人，而是针对他的某一项成就。

有的科学家名气很大，但没有获得过诺贝尔奖，比如霍金。

相反，有的科学家不止一次获奖。比如著名的科学家居里夫人，在1903年因发现物质的放射性，和她的丈夫一起获得诺贝尔奖。1911年，她又因为发现镭元素而再次获得诺贝尔奖。

正是因为这种变动，诺贝尔奖所强调的，是杰出的科学发现或技术发明，而不是科学家本人。

所以，它能够标记出科技的创新点在全球版图上的出现和转移。这也是它能成为一幅"活地图"的条件之一。

但如果只是这样，还远远不够。其实，诺贝尔奖诞生在一个很巧的时间点（1901年），可以说它生逢其时，彼时的世界正需要一个有标志作用的科学奖项。

在这之前，它存在的必要性是不大的。在没有诺贝尔奖的时代，也存在科学的"地图"，事实上，那时的科学地图相对而言更加清晰。

科学史家公认的是，世界科学中心有过五次大的转移。什么叫世界科学中心？这最早是由英国学者贝尔纳提出的概念，他借此描述科学力量的转移现象。后来，日本学者汤浅光朝受到启发，用定量的方法，"很科学地"界定了世界科学中心。

根据定义，科学成果数量超过同时期内全球科学成果25%的国家，就被称为世界科学中心。

从近代科学的诞生之日算起，世界科学中心有过5次大的转移，分别是在意大利、英国、法国、德国、美国。

距离我们最近的一次转移，发生在"二战"时期，世界科学中心从德国转移到美国。根据资料，"二战"之前，美国只有8人获得诺贝尔物理学奖，英国有10人，德国有11人。而在"二战"之后，美国获奖人数突然大幅增加，至今几乎从不缺席，一家独大。

可以看出，在诺贝尔奖诞生后，它的科技类奖项，如实地反映了各个国家科学力量的实际情况。这就是它具有"活地图"功能的一面。

然而，在没有诺贝尔奖以前，世界科学中心的转移，又是怎样界定的呢？

世界科学中心的前几次转移，与科学史上的伟大人物的生卒时间相对应。

比如，意大利成为第一个世界科学中心，伽利略功不可没。当时，大量古希腊、古罗马学派的书籍，从阿拉伯世界传回西欧。意大利凭借其靠近阿拉伯世界的地理位置，在当时兴起了最为活跃的思潮。伽利略就是其中的集大成者。

然后是英国，很显然，牛顿开始放射光芒了。牛顿出生于伽利略逝世的第二年。在牛顿时代，西欧的科学中心无疑在英国。无论是经典物理学大厦的建成，还是微积分的发明，这些成果都让英国保持领先地位。

关于微积分的发明权，牛顿与莱布尼茨争执了大半生。有趣的是，莱布尼茨是德国人，德国的当权者选择支持自己的国民。英国政府也当仁不让，他们捍卫牛顿式微积分，奉其为正统。然而，我们现在使用的微积分，是莱布尼茨式的，因为它的表现更直观简洁，牛顿式的微积分过于烦琐。

法国和德国作为接替者，它们的先天条件足够好，这两个国家伟大的思想家和科学家同样辈出。从较早的笛卡儿、莱布尼茨，到后来的安培、巴斯德、赫兹，都为人类文明做出了巨大贡献。

可以说，在19世纪以前，一部科技史，就是几个科学家的私人史。

比诺奖时，在比什么

既然是"私人史"，那么它的发展脉络自然是很清晰的。

界定了世界科学中心的日本学者汤浅光朝提出，世界科学中心的转移，大概以80年为一个周期。也就是说，一个国家在科技发展上的领先地位，只能维持80年左右。

"汤浅现象"在20世纪以前是适用的，科学力量的前4次转移都符合这一说法。不难揣测，周期为80年，这与科学家本人的寿命，有着很大的对应关系。

不过，来到20世纪，一切都变了。

首先，"汤浅现象"失效了。美国成为世界科学中心始于1920年，根据规律，它应该在20世纪末丧失领先地位。即使将美国科技兴盛的起点定在"二战"结束（1945年），那么，此时的它理应后继乏力了。

然而，事实并非如此。

截至目前，美国籍科学家仍然是诺贝尔奖科技类奖项的常客；过去的20年，每年都有美国籍的科学家获此殊荣。不但没有衰落的迹象，甚至在创立新学科、发明新技术方面，美国始终保持着绝对领先的地位。

为什么？

科技激烈改造世界的同时，也改造了自身。简单来说，20世纪以前的科技时代已经过去了。在那个时代，草根出身的法拉第，通过自学电学理论知识，发现电磁感应。没有学院派背景的爱迪生，依靠自己的天赋和勤奋，创造出他最负盛名的发明。

20世纪伊始，科学研究越来越往职业化的方向发展，它拒绝"民科"，也很难再有"个体户"。换言之，科研已开始成为一项耗费巨大的事业，不再是个人或小型的独立团队所能承受的。

以物理学科为例，早期伽利略的实验工具，只是斜面、计时器、滑轮等简单工具，但到了20世纪，最富成就的发明当属核能量的释放。据了解，美国在当年动员了10多万人，参加核武器的发明工程。

试想，除去国家力量的支持，还有谁能完成这样一项科技研究呢？

举国趋势

核武器是个极端的例子，但科技发展到20世纪，或多或少都顺应了"举国趋势"。此时，科技成就的出现，不再单纯仰仗个别的天才，参与竞争的实际上是国家实力。

更具体地说，20世纪后的科技拼的是3种实力：经济实力、科研实力和教育实力。

毫无疑问，"二战"过后，美国至今在全球仍然占据霸主地位，以上3种实力，美国都独占鳌头。因此，它拥有最多的和最先进的科技成就，也就拥有最多的诺贝尔奖科技类奖项获得者。

不过，也有观点认为，"汤浅现象"的失效，应当归咎于全球化。他们的论据有两方面：一方面，世界科学中心最近一次转移，是从德国到美国，人才的转移起了关键性的作用；另一方面，时至今日，尽管获奖者多在美国，但其中约38%的获奖者是移民。

以上两种论据，都涉及移民。在他们看来，美国科技的强大，有很重要的原因在于它吸收了大量的他国人才。所以，不是"汤浅现象"错了，而是美国"作弊"了。

诚然，世界科学中心从德国向美国的转移，取决于它背后极为特殊的历史。"二战"时期，许多在德国被迫害的犹太科学家，都在美国找到一张安静的书桌。从历史的角度看，这让美国捡到了大便宜。

不过，特殊的历史条件，在今天已经不具备，但全球范围内的人才，依然持续地往美国跑。这能反映出，过往那种以国别区分国家科研力量的做法，在今天已经失效。

（摘自《读者》2020年第1期）

我们有一身坚硬的骨头

张达明

在抗日战争最艰苦的日子里，数学家华罗庚仍坚持写作《堆垒素数论》。当时没地方住，全家就住在牛棚里。每天晚上，他窝在牛棚的上层，一灯如豆，下层则是牛在啃草反刍，还不时在柱子上蹭痒，每当这时，牛棚便摇摇欲坠，大有倾倒之势。

虽然如此，但华罗庚依然将正在写的《堆垒素数论》视为生命。一天，别人给他的妻子吴筱元送了两枚鸡蛋，吴筱元煮了一枚，想给华罗庚补身体，华罗庚却对她说："你把它分成5份，全家每人一份。"然后，他只将自己的那一份吃了。妻子望着剩下的4瓣鸡蛋，难过得泪如雨下。华罗庚安慰她："别伤心了，等《堆垒素数论》出版后，咱们就去割几斤大肥肉，全家人美美地吃一顿。要是还有余钱，就给你和孩子们每人添一件新衣服，然后再给我买两包烟，真想抽一支烟啊。"

经过两年的呕心沥血，30万字的《堆垒素数论》终于在1942年年底完成。为尽快实现割肉、买衣、抽烟的愿望，华罗庚将书稿寄给了重庆的"中央研究院"。然而，在漫长的等待中，他没有看到肥肉和妻儿的新衣服，也没有换来盼望已久的两包香烟，却在半年后等来手稿遗失的噩耗。那一刻，华罗庚晕倒在了牛棚里！

凭着坚强的意志，华罗庚又重新站起来，开始了第二次写作。两年后，他再次完成了《堆垒素数论》，并由苏联科学院出版。由此，一颗35岁的数学新星冉冉升起。

华罗庚后来回忆道："当时有句话叫'教授教授，越教越瘦'。记得有这么个故事，教授在前面走，要饭的在后面跟，跟了一条街，前面的教授回头说'我是教授'，要饭的听后就跑掉了，因为他也知道，教授没有钱。但是，我们有一身坚硬的骨头，这是任何力量也击不垮的！"

（摘自《读者》2021年第14期）

两位学者的选择

余秋雨

章太炎

从19世纪晚期到20世纪前期，中国文化在濒临灭亡中经历了一次生死选择。在这个过程中，两位学者起到了至关重要的作用。

他们是中国文化在当时最杰出的代表。他们对传统文化的精熟程度和研究深度，甚至超过了唐、宋、元、明、清的绝大多数高层次学者。因此，他们有一千个理由选择保守，坚持复古，呼唤国粹，崇拜遗产，抗拒变革，反对创新，抵制西学。他们这样做，即使做得再极端，也具有天经地义的资格。

但奇怪的是，他们没有做这样的选择，甚至，做了相反的选择。正因为这样，在痛苦的历史转型期，传统文化没有成为一种强大的阻力。这是一件非常了不起的事，仅仅因为两个人，就避免了一场文化恶战的发生。局部有一些冲突，也形不成气候，因为"主帅中的主帅"，没有站到敌对阵营。

这两个人是谁？

一是章太炎，二是王国维，都是我们浙江人。

他们两人深褐色的衣带，没有成为捆绑遗产的锦索，把中国传统文化送上豪华的绝路。他们的衣带飘扬起来，飘到了新世纪的天宇。

我曾经说过，在黄宗羲、顾炎武、王夫之这组杰出的"文化三剑客"之后，清代曾出现过规模不小的"学术智能大荟萃"。一大串不亚于人类文明史上任何学术团体的渊博学者的名字相继出现，例如戴震、江永、惠栋、钱大昕、段玉裁、王念孙、王引之、汪中、阮元、朱彝尊、黄丕烈等。他们每个人的学问，几乎都带有历史归结性。这种大荟萃，在乾隆、嘉庆年间更为发达，因此有了"乾嘉学派"的说法。乾嘉学派分吴派和皖派，皖派传承人俞樾最优秀的弟子就是章太炎。随着学术群星的相继陨落，章太炎成了清代这次"学术智能大荟萃"的正宗传人，又自然成了精通中国传统文化的最高代表和最后代表。

但是，最惊人的事情发生了。这个古典得不能再古典、传统得不能再传统、国学得不能再国学的世纪大师，居然是一个最勇敢、最彻底的革命者。他连张之洞提倡的"中学为体，西学为用"方案也不同意，他反对改良，反对折中，反对妥协，并为此而"七被追捕，三入牢狱，而革命之志终不屈挠者，并世亦无第二人"（鲁迅语）。

"并世亦无第二人"，既表明是第一，又表明是唯一。请注意，这个在革命之志上的"并世亦无第二人"，恰恰又是在学术深度上的"并世亦无第二人"。两个第一，两个唯一，就这样神奇地合在一起了。

凭借章太炎，我们便可以回答现在社会上那些喧嚣不已的复古势力了。他们说，辛亥革命中断了中国文脉，因此对不起中国传统文化。章太炎的结论正好相反：辛亥革命是中国传统文化的自我选择。在他看来，除了脱胎换骨的根本性变革，中国文化在当时已经没有出路。

王国维

再说说王国维。他比章太炎小九岁，而在文化成就上，却超过了章太炎。如果说，章太炎掌控着一座伟大的文化庄园，那么王国维就是在庄园周边开拓着一片片全新的领土，而且每一项开拓都前无古人。例如，他写出了第一部真正意义上的中国戏剧史，对甲骨文、西北史地、古音、训诂、《红楼梦》的研究都有划时代的意义。而且，他在研究中运用的重要思想资源，居然有很大一部分来自德国哲学家叔本华和康德。由于他，中国文化界领略了"直觉思维"，了解了"生命意志"。他始终处于一种国际等级的创造状态，发挥着"独立之精神，自由之思想"。他后来的自杀，正反映出20世纪的中国社会现状与真正的大文化还很难融合。

两位文化大师，一位选择了革命，一位选择了开拓，一时让古老的中国文化出现了勇猛而又凄厉的生命烈度。这种生命烈度，使他们耗尽自己，却从根本上点燃了文化基因。

回想世界历史上每一个古代文明走向陨灭的关键时刻，总有几位"集大成"的银髯长者在做最后的挣扎，而且，每次都是以他们生命的消逝代表一种文明的死亡。章太炎、王国维也是这样的集大成者，他们也有过挣扎，却在挣扎中创造了奇迹，那就是没有让中华文明陨灭。我由此认定，他们的名字应该在文明史上占据更重要的地位。

他们两位是参天高峰，却也容易让我们联想到身边的一些丘壑。回忆平生遇到过的文化巨匠，没有一个是保守派。而那些成天高喊"国学""国粹"的复古主义者，却几乎没有一个写得出几句文言，读得下半篇楚辞。

真正热爱某个行当的人，必定因除旧布新而伤痕累累。天天在保守的村寨口敲锣打鼓的人，却一定别有所图，需要多加提防。

（摘自《读者》2020年第4期）

现代医学，从荒诞中走来

毛予菲

想象一下如此场景——你吃坏了肚子，腹泻不止，去看医生，医生默默拿出一瓶水银，轻松地跟你说："每天一杯，包治百病。"

还有更加离奇的：通过放血医治失血，用水银蒸汽浴室治疗梅毒，用发烫的烙铁烧掉痔疮，声称吃土会让你"药"到病除……现在看这些"黑暗"疗法荒谬至极，但在几百年前，它们是真实存在的，不仅平民百姓，连权贵阶层也对此深信不疑。

一本《荒诞医学史》，涵盖了几乎所有在现代人看来匪夷所思的疗法，让人大开眼界。

本书有两位作者。莉迪亚·康毕业于哥伦比亚大学和纽约大学医学院，获医学博士学位，同时也是一位作家，写过好几本小说；另一位作者内特·彼得森，是历史学家、自由记者，在几家知名媒体上写过专栏。

书中提到灌肠。古人认为，粪便中充满毒素和有害物质，如果排出"被卡在直肠中的大便"，就能减少很多疾病。在这样的知识背景下，十五六世纪时的欧洲，灌肠成为非常时髦的疗法。法国君主路易十四就酷爱这项"运动"，他一生中"享受"了2000次灌肠。

奇葩的医疗自然会引发不少事故。浪漫主义诗人拜伦就死于一场"医疗事故"。他曾患上重感冒，伴随着发热和浑身疼痛的症状。医生为他做放血治疗，一共放了3次血，还在他耳边放水蛭，拜伦的身体变得越来越糟糕，不久就不幸身亡了。

19世纪时，截肢手术已经出现。因为当时还没有可靠的麻醉药，医生必须用最快的速度截下病变的部位，以减少病人的痛苦，俗称"一刀切"。当时，苏格兰著名医生利斯顿，被称为"西区最快的刀"。他做手术，快得如同一场表演，常常有很多医生旁观，甚至要买票才能进去看。有一次，他为一个需要截肢的病人做手术，因为速度太快，不小心切断了助手的一根手指，还意外划破了一名观看表演的观众的外套。此次手术，后果令人瞠目结舌，被截肢的病人死了，助理因为手指被截断而死于坏疽，有一个旁观者也因恐惧而倒地身亡。"一场手术造成了300%的死亡率。"

大受欢迎的还有电疗。1747年的法国，医生给一个瘫痪士兵开出"药方"：每天上午胳膊通电两个小时，下午再通电两个小时。一个月后，士兵奇迹般地康复了。消息一传十，十传百，不久后，这座城市的每个人都希望能被电一下。"电淋浴"由此诞生。在这种疗法中，人坐在水桶里，手中握着电池，一股微电流接通水流，可以刺激人的器官和循环系统，促进排汗，以排出身体毒素。

看到这些故事，你可能会不由自主地倒吸一口凉气："这到底是治病还是送命？"在现代医学的背景下，我们会认为这些医疗方法荒谬透顶，但这种荒谬来源于人类对生的欲望，"这种欲望蕴含着不可思议的力量"。同时，它也是现代医学的来源。

不管怎样，还是要感谢这些恐怖的实验，奇思妙想的医生和可怜的被试验者。正如作者所说："若没有那些敢于挑战现状的人，今天的医疗成就很可能难以实现。"

（摘自《读者》2020年第10期）

金钟罩

祖一飞　喻思南

人们常说，老一辈科学家普遍对钱不看重，82岁的钱七虎就是一个典型代表。拿到2018年度国家最高科学技术奖的800万元奖金后，他仅用不到一周的时间便将其"花"了个精光，而且是一次性"花"完。

2019年1月8日，钱七虎获得国家最高科学技术奖。发表获奖感言时，这位满头白发的科学家敬了一个标准的军礼。面对荣誉，钱七虎谈的依旧是责任与担当："我作为军队的一名科学家，要始终把科技强军作为毕生的事业去追求，并为此奋斗一生。这是我的事业所在，也是我的幸福所在……"

与往年不同的是，2018年国家最高科学技术奖的奖金由500万元提升至800万元，而且奖金全部由个人支配。钱七虎很快就行使了自己的这项权利：收到奖金没几天，他便主动提出将全部奖金捐出，纳入他此前设立的公益基金，重点资助西部和少数民族的贫困学生。消息传开后，无数网友为之动容。

由于所从事工作的特殊性，在这次获奖之前，钱七虎的公众知名度其实并不高。但在中国的防护工程领域，他向来是一位让人仰之弥高的领路人。60多年间，钱七虎不仅创立了我国防护工程这一崭新学科，还为其奠定了理论基础，将中国的防护工程研究推向国际先进水平。

军事抗衡中，有"矛"必有"盾"。坚船利炮有了，导弹核弹有了，如何铸就坚不可摧的"盾牌"，是钱七虎毕生钻研的课题。

猛"虎"冲进蘑菇云

20世纪70年代初，中国西北的戈壁深处传出一声巨响，荒漠上空随之升起一团蘑菇云。烟雾还未散尽，一群身着防护服的科研人员就迅速冲进核爆中心展开勘察，钱七虎便是这群勇士中的一员。

当时，钱七虎受命改进空军飞机洞库的防护门。为了发现原有设计中存在的问题，他特意申请到核爆实验现场去。通过观察，钱七虎发现，核空爆后洞库虽然没有被严重破坏，里面的飞机也没有受损，但防护门因为严重变形而无法开启。"门打不开，飞机出不去，就无法反击敌人。"钱七虎说。

那个年代，飞机洞库防护门的相关设计计算都靠手算，计算精度差，效率很低。为了设计出能抵抗核爆炸冲击波的机库大门，钱七虎决定变一变。彼时，有限单元法作为一种工程结构的计算方法刚刚兴起，钱七虎便大胆决定运用它来计算，这在当时的中国尚属首次。

设计计算需要用到晶体管计算机，但国内只有少数几家单位有这样的设备。而且他们自身的研究任务也很重，设备使用率很高。钱七虎就利用节假日和别人吃饭、睡觉的空隙，打时间差"蹭"设备用。

时间好不容易抢来了，如何使用又是一个难题。面对巨型计算设备，钱七虎团队拿到的只有一本操作手册。由于从来没有接触过，团队中的很多人看它就像看"天书"。钱七虎虽然自学过计算机的基础理论，但从未上机操作过，他也只能硬着头皮现学。

连续两天时间，钱七虎把自己关在房间里啃"天书"。当他再次站在团队人员面前时，他说的第一句话就是"可以上机操作了"。他不仅看懂了操作手册，而且已经开始编写大型防护结构的计算程序。

由于科研任务重，钱七虎常常睡在办公室里，赶任务时啃馒头、吃咸菜是常有的事。有一段时间，他付出了不少心血，实验却一次次失败。"气动实验做了几十次，用了整整一年时间。失败后总结一下教训，就接着准备下一次实验。"

任务攻坚的两年间，钱七虎没有气馁过，他把每一次失败都当成学习的机会，最终解决了大型防护门变形控制等设计难题。为了缩短开关防护门的时间，他还创新提出使用气动装置升降洞库门，成功研制出当时我国跨度最大、抗力最高的地下飞机洞库防护门。拿到成果鉴定书后不久，钱七虎也接到一份"十二指肠溃疡和胃溃疡"的医疗诊断书。那一年，他才38岁。

钱七虎既没因为成果鉴定书而高兴得止步，也没被医疗诊断书吓倒。两张纸都被他放到一边，他趁热打铁，总结起实践经验。

经过10多年的研究，钱七虎和他的团队为抗钻地核武器防护工程的设计与建设提供了诸多理论依据，在实践中为我国战略工程装上了打不烂、炸不毁的"金钟罩"。

永在一线的斗士

随着侦察手段的不断更新和高技术武器与精确制导武器的相继涌现，防护工程常常"藏不了、抗不住"，"矛"与"盾"在对抗中不断升级。面对挑战，钱七虎带领团队开展抗深钻地武器防护的系统研究，并创造性地提出建设深地下防护工程的总体构想。

为了掌握第一手资料，钱七虎总是亲自去各类深地下工程实地考察。在一次学术会议结束后，他专程坐车赶到200公里外的一座大型煤矿，深入到地下上千米深的作业面实地考察。煤矿的支巷里潮湿、闷热、粉尘遍布，温度高达40℃，时年70多岁的钱七虎在这样的环境中坚持了1个多小时，通过观测获得了许多宝贵的信息。

从领导岗位退下来之后，钱七虎却比以前更忙了。他曾说："忙是我这个人一生的特点。"作为多个国家重大工程的专家组成员，他要为决策部门出谋划策。此外，作为顾问，他还经常受邀到工程一线指导项目建设。这些事情，换作是他的同龄人可能会适当推掉一些，但钱七虎来者不拒。

一家研究单位曾邀请钱七虎参加科研项目论证会，会议前两天，他因长年钻坑道落下的关节炎突然发作，腿疼得连走路都困难。主办方听说后，劝他在家休养。钱七虎不肯，执意要去，最后硬是带着止疼药、坐着轮椅参加了项目会。

"钱院士来了，我们做事情心里就踏实、有谱了。"在许多工程师眼中，钱七虎就像一艘大船上的压舱石。工程项目所在地通常交通不便，有时还要深入地下数百米，钱七虎却总是亲自去指导，"现场调查是工程建设的基础，只要时间能安排得开，就一定去"。

"兴趣广泛"的战略科学家

除国防工程之外，钱七虎把科研应用延伸到国家经济和社会发展的多个方面。

从20世纪90年代末开始，关于城市交通拥堵、空气污染、城市水涝等许多城市病的新闻和讨论不时见诸报端。钱七虎利用自己研究地下工程占有大量国内外学术资料的优势，率先提出开发利用城市地下空间的战略。

2000年，钱七虎参与撰写了我国第一部关于城市地下空间开发利用方面的专著——《中国城市地下空间开发利用》，后来又主持了北京、深圳、南京、青岛等十几座城市地下空间规划的评审工作。经过20多年的持续关注和不懈研究，钱七虎已经成为城市地下空间规划领域的权威专家。时至今日，他的那些关于城市地下空间开发、地下快速路、地下物流等理念依然处于世界前沿。钱七虎的一些理念已经在中国"未来之城"——雄安的建设中被采纳。

2018年10月，港珠澳大桥正式通车，这背后同样离不开钱七虎的贡献。港珠澳大桥包含一段长约6公里的海底隧道，其中海底沉管对接是工程施工中的难题。钱七虎综合考虑洋流、浪涌、沉降等各方面因素，提出合理化建议方案，帮助管道顺利完成对接。

近年来，钱七虎又提出核废物深地下处置、国家能源储备方案等重要建议，得到相关管理部门的采纳。每天晚上的《新闻联播》，钱七虎通常不会落下。除了看电视，他还从各类报刊上获取信息，无论是国家大事还是民生问题，他都习惯与自己的研究领域对上号。"钱学森除了研究航天、火箭和导弹，研究领域也很广泛，比如他曾经提出发展沙产业、建设山水城市等一系列超前理论。"钱七虎以他为榜样，看到哪些事情对国家和人民有利，就把兴趣和爱好投向哪里。

在北京建筑大学土木与交通工程学院院长戚承志看来，钱七虎不仅仅是科学家，更是一位战略科学家。"不是每个科学家都可以成为战略科学家的。为什么是他？我觉得是因为他的心里装着国家，想着国家安全，不然他很难站在国家的高度去考虑问题。"

在战火中出生，在军营里报国

钱七虎之所以对国家安全如此重视，与他幼年的经历不无关系。1937年8月13日，淞沪会战爆发，日本侵略者进攻上海，血腥的战争逼近江苏昆山县城。钱七虎就是母亲在逃难途中的渔船上生下来的，他在家中排行老七，因此得名"七虎"。

每当回想起童年，有两个场景一直萦绕在钱七虎的脑海中：一个是侵华日军将杀死的游击队队员的尸体放在小学操场上示众，还逼迫镇上理发店的师傅下跪磕头，不从就砍头；另一个是他在上海读中学时，美军残暴地打死三轮车车夫。亲历过那个年代的钱七虎，对国破民弱的时代心痛不已。

中华人民共和国成立后，依靠政府的助学金，钱七虎完成了中学学业。强烈的时代对比，让他自小就在心里埋下了报党、报国的种子。13岁时，钱七虎就报名参加军干校，但因身体原因落选。14岁，他申请加入共青团，并担任共青团支部书记和宣传委员。

在上海中学读书期间，正值中国实施第一个"五年计划"，钱七虎梦想着成为一名工程师。因为有目标，他学习起来格外努力，成绩十分优异，六门课中有四门拿了100分。当年上海代表团去朝鲜慰问志愿军时，其中一个慰问品就是钱七虎的成绩单。

毕业时，一些优秀的学生可以直接被选送到苏联留学，品学兼优的钱七虎也在其中。但当时我国急需培养军事人才，学校领导找到钱七虎，希望他放弃出国，到新成立不久的哈尔滨军事工程学院学习。一边是难得的出国深造机会，一边是国家的需要，钱七虎毅然选择了后者。他心中只有一个念头："没有党和国家，我连中学都上不起，哪能想那么多，组织叫我干啥，我就干啥！"

大学就读期间，六年时间，钱七虎假期只回过一次家，每个假期他都主动留校学习。毕业时，他是全年级唯一的全优毕业生，因此被保送至苏联莫斯科古比雪夫军事工程学院深造。

对待学术的严谨精神，钱七虎一直保留到今天。作为国家防护工程重点学科的带头人，他的名气不必多说，但很多学生提起他时都"心有余悸"，因为都曾有过"痛苦却有收获的煎熬"。钱七虎对论文中的每一个数据都要反复试验，每一个判断都要仔细论证。

考虑到钱七虎的年龄和精力，有学生提议帮他代上一些专业基础课，他听完就火了："我们不搞代师授徒那一套，把人招进来就得全心全意地把他们培养好！"

如今，耄耋之年的钱七虎依然活跃在教学研究的一线。工作之余，他坚持每周游泳两次，每次游500米。说起原因，这位"80后"老科学家笑着说："遵循毛主席指示——身体好、学习好、工作好。"

（摘自《读者》2019年第7期）

力量的来源

罗振宇

最近我看了几部中国近代早期的科幻小说。

有一本叫作《月球殖民地小说》，发表于1904年，作者叫荒江钓叟。这本小说里出现了很多当时已被发明出来的科技产品，比如电灯、电话、相机。但是很有趣，一旦进入幻想的领域，你就好像在读古代的神怪小说了。

比如，这个小说里最重要的交通工具——气球，被作者写得跟腾云驾雾的神通术一样。但是不管怎么讲，这部小说还是被追认为中国第一部科幻小说。其实这背后有一条演化脉络。1840年鸦片战争前后，现代科技大规模进入中国，自然也就激发了中国人的科学想象力。所以，真要追溯中国科幻小说的源头，其实还有更早的两本。

第一部是《八仙得道传》，出版于同治年间（1862—1875年）。那里面就讲到，雷公、电母和一群神仙闲聊，说多年之后，电母要把电借给凡人去用，能千里传音，能令昼夜颠倒，这就是通信和电灯。要知道，那时候电报被发明也没多少年，爱迪生改良电灯泡还是稍后的1879年的事。你看，这想法多现代。

还有一部小说，就更早了，是俞万春于1847年左右写的《荡寇志》，写成的时候，鸦片战争结束也没几年。《荡寇志》其实是《水浒传》的一部"同人"作品，讲的是擒杀梁山一百零八将的故事，跟《水浒传》的意思正好相反。

有趣的是，书中战争的打法很现代。比如，故事里梁山来了一个出生于澳门的留学生白瓦尔罕，被宋江尊称为白军师，抢了吴用的饭碗，为梁山制造了一堆奇门武器。其中有奔雷车，看描述相当于后来的装甲战车，上面还装了落匣连珠铳，既像机关枪，又像火箭炮。还有一种沉螺舟，能够在水下航行，相当于现在的潜艇。

白军师这么厉害，是怎么被小说主角打败的呢？这多亏了精通机关之术的中国才女刘慧娘的帮助，这位慧娘善造飞天神雷，相当于今天的迫击炮加霰弹炮。你看，是不是很有科技感？

这些就是中国近代早期的科幻小说。那它们和西方科幻小说有什么区别呢？

公认的科幻小说之父，法国作家凡尔纳在其作品《海底两万里》中描绘了潜艇。

在凡尔纳的科幻小说里，真正的力量来源于知识，凭着这一点，一个人可以造出潜艇，自由航行于海底，与他眼中不正义的世界开战。

但在中国近代早期的科幻小说里，真正的力量来源于人自身之外的东西，比如神仙、世外高人。作者所希望的，不过是普通人能得到这些力量的恩赐，来对抗这个世界上所有的邪恶和不公。

比如，在《月球殖民地小说》里，气球是一种由神力制造的产品，它跟喜鹊为牛郎织女搭起的鹊桥在本质上没有区别。在《八仙得道传》里，电是神仙世界本来就有的一种力量，电灯、电报这些发明本质上是神仙授权给人使用电的结果，它也跟人类的知识没有任何关系。

在《荡寇志》里，白军师和刘慧娘，他们的武器其实是一种"奇技淫巧"的加工品，至于到底是怎么做出来的，内在的原理到底是什么，主角和作者都不关心。

其实也不只是科幻小说，侦探小说也呈现出这种差别。西方的侦探小说，从《福尔摩斯》系列到阿加莎·克里斯蒂的作品，渐渐演化出一种"本格推理"的流派，也就是读者和作者站在同一个平面上，拥有一样的线索，就看通过逻辑推理，谁能先发现犯罪的真凶。作者和读者是公平地在用智力较量。

而中国早期的侦探小说，如《包公案》《彭公案》《施公案》等，虽然也有智力推理的成分，但往往一到紧要关头，就要靠江湖大侠、神魔妖怪来推进情节了。力量的来源，不是人本身。

这就是观念底层的差别。对那个时代中国人的科学思维和逻辑思维水平，我们不能苛责，但这也说明一个问题——我们经常误以为，世界是由力量组成的，所以拥有力量是根本。但实际上，对力量来源的认知，决定了你能否抵达想象中的世界，力量来源比力量本身重要。

比如说商业。人人都想致富，但是不见得人人都理解商业的力量源头。到今天为止，很多人仍然认为，商业力量的来源是资本，或者是一个企业老板的智力、能力和魅力，总之是各种资源。

但是，这不是商业力量的真正源头。真正的源头是什么？是协作。一个企业的成功，不是因为它自己有多厉害，而是有多少人和机构是它的同盟军，有多少人期待它成功。

如果商业的力量来自某种资源，那么越成功的公司就越要打败更多竞争对手，就越是在巧取豪夺。但是，如果你理解商业的力量来自有效的组织协作，那商人和社会的关系，就是良性互动的，我们就会对商人有一份敬重，对他们的财富有一份理解，商业文明的建设也才能真正起步。

还是回到科幻小说的话题。告诉你一个分辨好科幻小说和坏科幻小说的标准：如果全文主要是在幻想一种强大的力量，不管想象有多新奇，都不是好科幻小说；如果在一个新的力量基础上，作者有能力想象人性、制度、文明的演化和博弈，那这一定是一本值得一看的科幻小说。

（摘自《读者》2021年第6期）

本草有道

钱红丽

　　我喜欢逛中药房，并非专门去买药，只是随便看看。置身中药好闻的
气味中，有虚幻感，仿佛在一直跟人约会，无须落实到婚姻，自适又淡定。
多宝格的抽屉，一层一层地叠加，像一个个甜美的梦，夯实又铺张，拉
开来又推进去，里面藏的都是有好听名字的草药。许多中草药，都是先
闻其名，后识其身，就像先看爱情故事后恋爱一样，总有些恍惚感。我
们中间隔着一层光阴，明晃晃的，惹人流连。

　　达尔文把《本草纲目》说成是"1596年的百科全书"，我时不时翻翻，
不同的版本都拿来，看看有什么异同。李时珍的伟大，在于把植物分为草
部、谷部、菜部、果部、木部，又把草部细分为山草、芳草、毒草、蔓草、
水草、石草、苔草、杂草等。第一次读这本书的时候，非常惭愧，作为
一个乡里人，日日与植物为邻，却一点感觉没有，那些存在千年的植物，
竟被一位古人的慧心点燃了，多少年来，一直给人以荫泽。

　　《本草纲目》翻得久了，不免思考，我们与植物之间究竟是一种什么样的关系？相互依存，相互照拂？好像植物给予人类的永远多一些。夏天，熬点儿车前子的水喝，一来降暑，二来消炎；冬天，在猪小排里加几段淮山药，可以补气。中医最讲究气。听来一个真实的故事，某人为一方首富，每年都要吃上几万元钱的冬虫夏草，最后把好好一个身体搞垮了。可见，草药不能随便吃，得讲究个度，一旦过了，反而有害。

　　有很多草药的名字富含哲学意味，比如独活、决明子、九里明、丢了棒、王不留行、十大功劳、雪上一枝蒿。你看，雪上一枝蒿，看似遗世独立的一个名字，实则有大毒，用之，得当治病，失当致命——其实它的功效无非祛风湿、活血止痛。还有独活，非常慎独的一个名字，用它的根治病，可止头痛、牙痛、腰痛，唯独气虚的人不能用。想想也是，按照字面意思理解，人家都独活了，说明生命力强大，肯定愿意与气盛之人结伴而行，气短体虚的人肯定受不了它。这就是命相上所说的相生相克吧。宛如男女之间，气味相投者才能在一起把日子过下去。道不同不相为谋——万物都在遵循着一个道理，你我不过是棋盘上的卒。

　　年轻时喜欢草本植物，可能出于一种纯粹的天然喜好，慢慢地，年岁渐长，再来重温这些，恍然大悟，原来可以读出"道"来。《道德经》讲道，《论语》有道，《庄子》明明也在布道……人愈活愈老，竟处处见道——曾经读《本草纲目》，是被李时珍的文风所吸引；如今读，悟出世间万物里都有道。一个人内修到哪一层，就可以悟到哪一层，一点不带掺假的。

　　在香港，我买回豆蔻膏，既可以平息幼儿的咳嗽，又可以缓解大人的头痛。有中国人的地方，就有本草的影子，一年年里，我们相互需要着，难以分开，宛如纯洁的水源，日夜流淌。

（摘自《读者》2015年第23期）

原本山川，极命草木

潘宝明

吴征镒，1916年出生于江西九江，我国著名的具有国际声誉的植物学家。他历时45年编写完成鸿篇巨制《中国植物志》，发表和参与发表的植物新分类群多达1766个，是中国植物学家中发现和命名植物最多的一位，改变了中国植物主要由外国学者命名的历史。

读书报国

"吴氏栋梁材，一门四人杰。"这是扬州吴道台府邸里非常著名的文化故事。江苏省文化厅前副厅长、南京大学教授、著名戏剧家吴征铸（吴白匋），中国医学科学院前副院长、医学专家吴征鉴，核工业专家、中科院院士吴征铠，著名植物学家、中科院院士吴征镒，兄弟四人都是从测海楼走出的传奇。

扬州吴道台府里至今悬有一副对联：成才未敢忘忧国；有福方能坐读书。这是吴筠孙、吴引孙兄弟留给子孙的，与藏书万卷的测海楼同样重要的精神财富。

吴引孙兄弟的可贵之处不仅在于教子读书，更在于让子孙放眼世界、心系天下。可惜吴征镒11岁时遭逢北伐战争，家中测海楼藏书中的善本被国民党军官洗劫。不过他还有一位重要的人生引导者，就是他的母亲。他的母亲是位大家闺秀，教子严厉而得法，吴征镒在《九十自述》中说："我信奉的人生格言是：博学之，审问之，慎思之，明辨之，笃行之。这是我母亲家的堂名'五之堂'的由来，是《大学》中的一句话。我认为做科学研究必须经历三个境界：一是立志立题，确立科研思路；二是殚精竭虑，百折不挠；三是上下求索，终有所得。我就是在个人的志趣和应用相结合中走到了今天。"幼学如漆，让他受益终生。

吴征镒爱读书，除了至爱的植物学，平素还喜爱古典诗词和音乐。他的工作室里不仅有《古诗源》《说文解字》等书籍，竟然还放着《长征组歌》的复印谱。平时有空他还唱唱昆曲。

都以为道台之后，一定生活优裕，其实不然。"我童年时家道中落，屡遭大故。到我8岁时，父吴启贤（佑人）又因政府欠薪，从北洋政府农商部主事的职位上辞官返家。""我并不像一些达官显贵人家的子弟，给太阳嫌热，给月亮嫌冷。"他和植物打交道，第一位启蒙"老师"竟是家里的后花园。那时才五六岁的他最爱去花园里玩耍，千姿百态的花草树木让他领略到大自然的神奇。"到了中学学龄，因强记，于书无所不读。我从父亲的小书房中得见清代吴其濬的《植物名实图考》和牧野富太郎的《日本植物图鉴》，看图识字地在家对面的芜园中认识了几十种树木花草。我还特喜吃新鲜的豌豆、采金花菜和看竹笋生长。这些经历初步奠定了我日后专攻植物学的思想基础和志趣。"从懵懂孩童到耄耋老者，吴征镒一辈子沉浸在他钟爱的植物学研究中，践行着"极命草木"的精神。

1929年，他才上初一，得唐寿先生的启发，学会了制作标本和解剖花果等植物学入门技术。1931年上高一时，他又受到唐耀先生的鼓励，于课外读了邹秉文、钱崇澍和胡先骕的《高等植物学》和彭世芳的《实验观察植物形态学》。从商务版《自然界》杂志中，他学习并养成了"边采集，边思考"的优良习惯，建立了有关植物地理概念的初步认识。唐老师选用的课本是陈桢编写的著名高级中学教科书《生物学》。唐老师慧眼识才，看到吴征镒一二年来所制标本，就在班上开了一个展览会，作为对他的鼓励。

展览会展出的标本有100多种，吴征镒参阅《植物名实图考》和《日本植物图鉴》，逐一标明中文名和学名。他的二哥吴征鉴见弟弟如此喜爱研究植物，就请自己的同事焦启源一一鉴定，并给予指导。

1933年至1937年，兄长吴征铠以半薪资助，外加微薄的奖学金，吴征镒得以完成学业。

吴征镒既是学者，又是老革命。在吴征镒的青年时代，国家正处于动荡时期，他很早就投身进步学生运动。入高中不久，发生了"九一八"事变，接着又是"一·二八"事变，15岁的吴征镒，在扬州四处奔走宣传抗日。

1945年，吴征镒在闻一多的介绍下加入民盟。1946年2月，吴征镒在云南大学标本室宣誓加入中国共产党。"抗战胜利，内战旋开，1946年8月至9月，我复员回到北平，立即参加多次学生运动，同时在新诗社、剧艺社活动，在讲师以下阶层中组织成立'讲助教联合会'和'职员联合会'……至1948年，'八一九'大逮捕后，党组织让我疏散到冀中解放区泊头镇。10月，我又经河间、保定、涿县、房山、门头沟回到北平外围的青龙桥，参加接管清华大学、燕京大学的工作。"

共和国成立前夕，吴征镒按照党的指示致力于清华教职员读书会活动。每遇声援和签名活动，他就出入于周培源、朱自清、汤佩松等著名教授家中征求签名。

草木知己

共和国成立后，百废待兴，吴征镒沉湎于工作，宵衣旰食，一直无心于个人问题，33岁时依然孑然一身。郭沫若看在眼里，急在心里，他暗暗地为吴征镒张罗，让他结识了段金玉。段金玉也是从事生物学研究的大学教师，比吴征镒小10岁。他们一见倾心，共同的志趣让他们彼此相爱。

由郭沫若主婚，他们结为夫妻，夫唱妇随、相濡以沫。之后，北京的大学进行院系调整，段金玉被安排到距离当时北京城10多公里的北京大学任教，而吴征镒则在城里的中科院植物所工作。由于那时交通不发达，公共汽车晚上6点就没了，所以俩人还是聚少离多，每个月能见上一两次就算不错了。直到1957年春天，中科院植物所给他们分配了宿舍，俩人才有了安稳的住所。在郭沫若故居有一张照片，郭沫若居中，吴征镒与夫人分立两旁。照片上的段金玉很年轻，风华正茂、楚楚动人。

1958年，42岁的吴征镒决定放弃北京的优厚条件，举家迁往云南。第二年，段金玉便带着7岁的儿子和6岁的女儿来到昆明。

吴征镒于功名利禄十分淡泊，50多年来一直在云南钻研植物，取得了无数的成就。段金玉生了一儿一女，别人问她为何只生育两个孩子，她说："中国有句话：一儿一女一枝花，无儿无女活菩萨。我原来想当活菩萨，没当成，那我就当一枝花。"儿女的成长全由她一人操心。段金玉也是学者，而且很有建树。刚到昆明时，夫妻二人都任职于中科院昆明植物研究所。这里的工作条件很艰苦，与北京有着天壤之别，分给她的实验室空空荡荡，她不依靠组织，也不向丈夫诉苦，首先做的就是参照清华实验室的标准，自己设计实验台。实验室的建设虽一波三折，最终还是建成了。

难得的是，段金玉非常理解和体贴丈夫，她欣赏吴征镒的宽容。"他的脾气非常好。用他的话说，有什么好吵的？"

多少年来，吴征镒"征战南北"，四处奔波。花甲之年，吴征镒进青藏高原考察，段金玉没有阻拦，而是给他准备了1000片维生素C，反复叮嘱他要记得吃，也给同行的人吃。结果人回来后，瓶盖都没打开，吴征镒说都不记得这个瓶子是干啥用的。后来，他又两次进藏，每次数月，回来后因长期缺乏维生素而开始掉牙。

吴征镒幼年多病，成年以后，因逃难、调查、考察而四处奔走，身体反倒好了。但在67岁时他左股骨颈骨折，72岁又因胆结石诱发急性胰腺炎，次年做了手术，后来又做了白内障手术，并因耳聋戴上助听器，终是到了"主机尚未坏，零件已多不灵""多病所需唯药物"的老年境界。他82岁结束国内外考察工作，花8年时间潜心研究，到2006年完成4种自主创新著作。他的患难余生，全凭夫人的悉心照料。他最大的乐趣就是，周末家人陪着他去大观楼、金殿转转，散步、聊天，不亦乐乎。如今，吴老走了，留下段老一人。

相知相慰的感情，让吴征镒几十年来取得了无数成就。最令吴老欣慰的，是他的学问后继有人了。现在，吴老的两个孙子都继承了吴老的衣钵，学习生物学。

（摘自《读者》2018年第7期）

那些发生在同一个时代的事儿

馒头大师

一

公元1504年，34岁的唐伯虎过得并不是很开心。

就在一年前，他和弟弟唐申分了家。受5年前的"徐经科场案"牵连，唐伯虎的仕途已经被封死，妻子也离他而去。

从这一年开始，看穿一切的唐伯虎，开始真正纵情酒色，放飞自我。至于生活的经济来源，他倒是不愁的——凭他的诗、书、画"三绝"，弄点润笔费可以说是轻而易举。

但要说他是否真的已经通透，也未必。他在这一时期的不少作品，都折射出他的感叹，比如那幅著名的《秋风纨扇图》。

画上的仕女手执纨扇，侧身凝望，眉宇间有幽怨怅惘之色，衣裙在萧瑟秋风中飘动。或许是怕人不能解读其中意境，唐伯虎还在画上写了一首诗："秋来纨扇合收藏，何事佳人重感伤。请把世情详细看，大都谁不逐炎凉。"

他的心情，一览无余。

差不多在同一时期，达·芬奇为佛罗伦萨市政厅绘制壁画《安吉里之战》的同时，开始创作一幅自己喜爱的画作。

这幅女子肖像画完成后，达·芬奇非常喜爱，始终将它带在身边，哪怕晚年移居法国后仍不离左右。

这幅画，我们都知道叫《蒙娜丽莎》。

没错，达·芬奇和唐伯虎是同一时代的人，都因为一名女性而被后人津津乐道：一个叫蒙娜丽莎，一个叫秋香。

二

1616年4月23日，52岁的威廉·莎士比亚走到了他生命的尽头。

死神来得似乎没有任何征兆：已经回家乡安享晚年的莎士比亚前一天还和两位朋友畅饮高谈，第二天就一病不起，很快就去世了。

后世对莎士比亚的死因有过不少猜测，甚至猜他是被毒死的。但他的女婿、医学博士约翰·霍尔认为，老丈人的死因就是脑中风。

就在5年前，莎士比亚曾写下一句话："我的身体在颤抖，我的心在疯狂地舞动，但并没有引起我的快乐。"

当时很多人认为，这是莎士比亚的自恋情结，但用现代医学眼光来看，这些症状很可能就是"心房颤动"的表现——房颤病人得脑中风的概率，是普通人的5倍。

就在3个月后的7月29日，66岁的汤显祖也去世了。

这位以《牡丹亭》闻名于世的戏剧家，一生蔑视权贵，早早辞官，淡泊守贫。

研究汤显祖的专家徐朔方曾指出：汤显祖生活在思想相对更禁锢封闭的明朝，相较于伊丽莎白时代的莎士比亚，汤显祖能塑造出《牡丹亭》中敢于追求自身幸福的杜丽娘形象，更难能可贵。

无论如何，有一件事是明确的：一东一西，两个伟大的戏剧家，不仅生活在同一个时代，并在同一年陨落。

三

1945年8月6日早上，3架美军的B-29轰炸机飞临日本广岛上空。一颗特殊的炸弹从其中一架B-29的投弹仓掉了下来。随即，飞机以最快的速度离开投弹地点。45秒后，那颗炸弹在广岛上空600米处爆炸，立刻发出强烈的白色闪光，随即就是震耳欲聋的大爆炸，以及腾空而起的蘑菇云。

这是人类历史上第一次把核武器用于实战。

如何投掷原子弹，曾经是美国军方面临的一个问题，在真正意义上成熟的导弹问世之前，执行这项任务的，只能是飞机。

美国军方最终选择了B-29。B-29号称"超级空中堡垒"，由美国波音公司研制，机长30.18米，最大起飞重量达到6.1万千克，可以上升到1万米以上的高空，最大飞行距离超过5600千米。

自人类发明飞机以来，B-29是当时威力最大的战略轰炸机。

B-29投下原子弹的这一天，有一个人默默地坐在广播前，收听了这个震惊世界的消息。

他叫奥维尔·莱特，他的哥哥叫威尔伯特·莱特。

他们被称为"莱特兄弟"，因发明了飞机而被载入史册。

是的，当人类用飞机投下第一颗原子弹的时候，飞机的发明人依旧在世。

四

1971年2月9日，"阿波罗14号"圆满完成了登月任务，返回地球。

这已是人类历史上第三次成功登上月球。作为这次登月的任务之一，指令长艾伦·谢泼德在月球表面打了一次高尔夫球，一共挥了两杆——一个球进了凹坑，另一个则滚得比第一个更远。

当宇航员在月球打高尔夫球的新闻被播出后，很多人都对人类文明的进步感到欣慰。

也就是在这一天，66%的瑞士男性投票表决：允许瑞士的女性拥有投票权。

按照瑞士1848年实施的宪法规定：女性没有投票权，她们如果要获得投票权，必须要男性投票通过。1959年，斗争了百年的瑞士女性曾迎来了一次"争取投票权"的投票，不过67%的瑞士男性投票否决。

换句话说，当人类已经可以在月球上打高尔夫球的时候，作为欧洲发达国家的瑞士，女性才刚刚获得投票权。

五

1977年5月25日，第一部《星球大战》正式在美国上映。

这部由乔治·卢卡斯导演的科幻电影一上映就轰动了全世界，很多观众对电影描绘的未来科幻世界大感新奇。但也有人指出，这部让人大开眼界的科幻片其实从某种程度上说是"新瓶装旧酒"——从内核上来说，依旧是大家熟悉的人类千年来的那些故事：强大的帝国，独裁的皇帝，勇敢的起义者，美丽的公主……但这样的题材受欢迎也是有道理的。

就在《星球大战》上映4个月后，法国处死了一名死刑犯——他强奸并杀害了一名22岁的法国女子。

而处死他的手段，是断头台——那还是在法国大革命时期频繁使用的一种处决方式。

那也是法国最后一次使用断头台。

但这个记录是无法被抹去了：1977年，当人类通过电影已经将目光投向银河系的时候，自己还在使用古老的断头台。

（摘自《读者》2021年第9期）

第一个在《自然》发文的中国人

陆 远

1880年8月，创刊4年的中国近代最早的科学杂志《格致汇编》第7卷上，刊登了一篇题为《考证律吕说》的文章。文章不长，研究的也是非常冷门的中国古代律学。然而正是这样一篇看似不起眼的论文，在近代中国科技史上具有重大意义，它代表了一个半世纪前中国人学习先进科技所达到的高峰。

中国古代一向采用弦音和管音相合的方式确定音律，"以弦定律，以管定音"。然而，现代物理学实验表明，弦振动和管振动的方式不同，弦律和管律是有区别的。

一直到1880年，一位年过花甲的中国学者在对律管进行了数十年研究后，用现代科学实验的方式，否定了延续千年的"管弦结合论"，写成了这篇《考证律吕说》。这篇文章不仅改进了中国古代律学，而且对西方传统声学定律"空气柱的振动模式"（即伯努利定律），提出疑问和矫正。

在英国好友、传教士傅兰雅的帮助下，这位学者将自己的论文翻译为英文，并寄给欧洲最负盛名的科学杂志《自然》。

1881年3月，《自然》杂志以《声学在中国》为题，刊发了这篇来自中国的论文。在编者按中，编辑斯通博士写道："（这篇论文）以真正的现代科学矫正了一项古老的定律，这个鲜为人知的事实的证明，竟是来自那么遥远的地方（中国），而且是用那么简单的实验手段和那么原始的器具实现的。"

这是中国人第一次在《自然》杂志上发表论文，也是中国人第一次在国外刊物上发表论文。这位"以真正的现代科学矫正了一项古老的定律"的学者，名叫徐寿。

这篇堪称里程碑的论文，只是徐寿一生名山事业小小的片段——事实上，他还是中国近代化学启蒙者、近代造船业的奠基人。中国第一台蒸汽机、第一艘轮船、第一艘军舰、第一所教授科技知识的学校、第一场科学讲座、第一本科技期刊……都与他有着密不可分的关系。

1818年，徐寿出生于没落望族之家。5岁丧父的他，在母亲的督促下，"娴帖括，习举业"，遵循传统士人通过科举求取功名的老路，但是屡次应试，皆无果而返。母亲去世后，徐寿自断科举之途，"专究格物致知之学"。

1856年，徐寿在上海读到了墨海书馆出版的英国医生合信著的《博物新编》，这本介绍近代欧洲科学常识的小册子，为他打开了睁眼看世界的天窗。徐寿用一双巧手，验证了其中的许多科学原理。他把水晶图章磨成三棱镜，用来观察光的折射和分色；甚至常常跑到西洋人的轮船上，验证书中介绍的关于现代蒸汽机的原理，探究其造法。

1862年，饱受太平天国之乱影响的徐寿离开家乡无锡，投奔在安庆筹办内军械所的曾国藩。在曾国藩的支持下，徐寿与其次子徐建寅等人，完全不假西方人之手，仅以3个月时间造出中国历史上第一台蒸汽机，1865年又造出完全国产的中国第一艘蒸汽船"黄鹄"号。

此后，徐寿又在上海江南机器制造总局，先后督办造出了中国第一艘和第二艘纯国产军舰"恬吉"号、操江舰，这些成就代表了洋务运动中官办军事工业达到的高峰。

曾国藩因此对徐寿许以厚禄。徐寿也一度备受鼓舞，他曾上书曾国藩，建议朝廷着力发展四项事业：一是开煤炼铁，二是自造大炮，三是操练水师，四是翻译西书。不料，遭到曾国藩的一一驳斥。

与其说曾国藩不认同徐寿的主张，不如说，在曾国藩这样科举出身的传统士人心中，"万般皆下品，唯有读书高"的理念依旧根深蒂固。在技术层面，他们可以对一个没有任何功名的"工匠"委以重任，然而在价值观上，他们无法打消发自内心的歧视和轻蔑。

从某种程度上说，徐寿是幸运的——正是在"师夷长技以制夷"的大潮下，他获得了必要的财力支持，得以充分施展才能，在中国近代科技发展史上留下不可磨灭的一笔。但徐寿也是不幸的——以曾国藩、张之洞为代表的洋务大臣，无法摆脱自身意识形态与知识结构的桎梏，"中体西用"的根本价值观决定了他们对徐寿只以"匠人"视之。

晚年，在热心国事却遭遇挫折之后，徐寿选择以另外一种方式，继续他传播新知、开启民智的事业：译书。

1868年，在徐寿的努力和奔走下，江南制造局成立了翻译馆，徐寿任总管。这是近代中国第一家以翻译和引进西方科技类书籍为主旨的学术机构。

徐寿在译书过程中，还首创了化学元素汉译名的原则。他选择用罗马名的首音（或次音），找到汉语同音字，加上偏旁，作为化学元素的译名。今日国人耳熟能详的化学元素译名，大都出自他的翻译。

到建馆43周年时，翻译馆共译书168种，涉及军工、医学、矿业、农学、化学、算学、史志、船政、工程、电学、政治、商学、地理、天文、声学、光学等学科。

1874年，徐寿与傅兰雅联手创办格致书院，这是中国第一所教授科学技术知识的学校，开设有矿业、电务、测绘、工程、汽机、制造等多门课程。

在创建格致书院的同时，傅兰雅创办了我国近代最早的科技期刊《格致汇编》。徐寿的那篇影响西方声学的文章，最初就是在《格致汇编》上发表的。

1884年，就在格致书院庆祝了它10岁生日后不久，66岁的徐寿在学校里安详辞世。李鸿章称赞他："讲究西学，实开吾华风气之先。"

17年后，在父亲逝后继续致力科技事业的徐建寅，在汉阳钢药厂的火药试验现场殉职，搜救人员多方搜寻，最终只找回一条被炸断的大腿。

又过了十几年，徐寿呕心沥血创办的江南制造局翻译馆，这家中国近代译书最多、影响最大的翻译机构，因"既非目前需要，且所译各书，又不尽系兵工之用，自应一并停办，以资撙节"，被段祺瑞关闭。

所幸，徐寿生前最后一份事业——格致书院，在历经一个半世纪的风雨之后，被保存下来，成为今天的上海格致中学。

徐寿一生不求闻达和功名，他的精神最终通过一所学校得以绵延传承。徐寿是中国传统工匠的谢幕者，也是近代科技知识分子的开路人。作为中国近代最早睁眼看世界的人之一，徐寿的大部分事业，早已被后继者超越。但是在保守、封闭的环境中，他在自己身上克服了那个时代的局限。这是像他这样的人身上，无尽光辉的闪光点所在。

（摘自《读者》2018年第13期）

弄斧必到班门

梁羽生

1979年8月下旬，我到英国伯明翰旅行，意外见到了华罗庚教授。整整一个下午，他谈了他的生平经历，也谈到他目前的学术活动。话题就是从他在伯明翰的学术活动开始的。那年5月，世界解析数论大会在伯明翰召开，华罗庚应邀出席。

在单独访问华老的前一天晚上，我曾在一个宴会上听到一些有关华老出席这次大会的"趣闻"：参加这次大会的，有来自世界各地的80位数学家，华老出席的消息传开后，登时引起全场轰动，相识的与不相识的都争相前来问候。有一位印度数学家见了华老，喜极而泣，并用印度表示最大敬意的行礼方式，向华老致敬。

大会闭幕之后，华老接受伯明翰大学之请，在该大学讲学。"讲学，我不敢当。"华老说，"不能好为人师，讲学以学为主，讲的目的是把自己的观点亮出来，容易接受别人的意见，改进自己的工作，精益求精。"

当我问及他准备进行些什么学术活动时，他微笑道："我准备弄斧必到班门！"原来到目前为止，他已经接受联邦德国、法国、荷兰、美国、加拿大等国许多所大学的讲学邀请。"我准备了10个数学问题，包括代数、多复变函数论、偏微分方程、矩阵几何、优选法等。我准备这样选择讲题，A大学是以函数论著名的，我就讲函数论；B大学是以偏微分方程著名的，我就讲偏微分方程……"

我说："您真是艺高人胆大！"他说："这不是艺高人胆大，这是我一贯的主张。"接着，他详细解释道，"中国俗语说，不要班门弄斧。我的看法是，弄斧必到班门。对不是这一行的人，炫耀自己的长处，于己于人都无好处。只有找上班门弄斧（献技），如果鲁班能够指点指点，那么我们才能够进步得快些；如果鲁班点头称许，那对我们攀登高峰，亦可增加信心。"

（摘自《读者》2017年第18期）

钱学森的回信

刘淑芳

中国第一颗原子弹爆炸成功后，全国有许多人给钱学森写信，表示要向他学习，向他致敬。一天，钱学森收到一封与众不同的来信，信中指出钱学森新近发表的一篇论文中的一处错误，并提出自己的想法，写信人名叫郝天护。钱学森连忙翻出自己的论文，发现的确有一处存在误差。

钱学森马上提笔给郝天护回信。在信中，他说："很感激您指出我的错误，可见您是很能钻研的一位青年。科学文章中的错误必须及时阐明，以免后来的工作者用了不正确的东西耽误事。所以我认为，您应该把您的意见写成一篇几百字的短文，投给《力学学报》，帮助大家。您认为怎样？"

远在新疆的郝天护收到回信。拆开信的一刹那，他简直不敢相信自己的眼睛。他兴奋地在走廊大喊："钱学森回信了。"事实上，他这几天一直惴惴不安，甚至有点儿后悔，他是一个毛头小子，而钱学森是专家，自己会不会有点儿不自量力？人家会理他吗？万万没想到，他竟然等到这个好消息。

后来，根据钱学森的建议，郝天护把自己的观点写成700字的文章，并由钱学森推荐发表在1966年的《力学学报》上。也正是由于这封信，郝天护受到极大的鼓励，后来投身力学事业，成为东华大学的一名教授。

2007年在"钱学森书信与他的精神世界"报告会上，已经白发苍苍的郝天护动情地说："钱学森是世界力学权威，能够这样对待一个默默无闻的小青年，敢于在报上公开自己的差错。这足以说明他胸怀坦荡，有人格魅力，不愧为大师。"

（摘自《读者》2021年第15期）

我们搞的是笑，更是科学

杨 杰

影视界有评选年度烂片的金酸莓奖、金扫帚奖，传媒界有失败新闻摄影展，而科学界的笑料担当非"搞笑诺贝尔奖"莫属。

诺贝尔奖颁奖典礼要正装出席，向瑞典王室成员敬礼；参加搞笑诺贝尔奖则是爱穿啥穿啥（还有人打扮成蜜蜂），但须向瑞典传统肉丸子敬礼。

诺贝尔奖杯设计精美，有巨额奖金；搞笑诺贝尔奖的奖杯更像是小学生手工课的作品，奖金也挺巨额——10万亿津巴布韦币，约等于0.2元人民币。

科学是严肃的，但是欣赏科学的方式却不一定严肃。

在28年的历史中，搞笑诺贝尔奖的生物学奖颁给过人类如何自制假肢以便混在山羊中过日子的研究；经济学奖得主之一从销售和市场营销的角度，对石头的性格进行了研究；诊断医学奖有开车过减速带，不疼就是没有阑尾炎的结论；文学奖是我们仍未知的，为何所有语言里都有"Huh（啥）"这个词；物理奖有当人踩到香蕉皮时，鞋底和香蕉皮之间的摩擦力；心理学奖发现晚睡的人更加自我欣赏；和平奖则研制出将炸药制成钻石的方法……有个获奖课题还有哲学般的令人痛彻心扉的结论：浪漫的爱情和严重的强迫症从生物化学上讲是难以区分的。

再来看看今年的幸运儿。医学奖颁给坐过山车能帮助排出肾结石的研究。不少泌尿系统结石患者体内的结石"不翼而飞"，他们跟医生报告时，都不约而同地提到此前坐过美国迪士尼乐园的过山车。

医生琢磨，这事儿也太巧了，本着科学研究的严谨精神，医生做了个实验。医生将3枚不同大小的结石放入硅树脂做的肾输尿管人造模型，里面装上真尿。3枚石头坐了20圈"巨雷山山矿车"过山车，研究者分别记录下它们的初始位置、乘坐列车区域、最终的位置等。结果发现，坐在过山车后部甩掉结石的成功率为64%，而坐在前面的成功率为17%。"结石与尿"的过山车之旅，最终被发表在《美国骨病协会期刊》上。

今年还有中国人拿了搞笑诺贝尔经济学奖，"喜大普奔"！他们的研究课题是：使用巫毒娃娃对老板进行诅咒是否有效。这个由中国、加拿大、新加坡和美国人组成的团队发现，拿针扎小人，不仅让你心情更好，还不会被炒鱿鱼。

团队成员说，他们专门研究职场的攻击行为，人们在试过虚拟巫毒娃娃后，"一些邪恶想法就此'暂停了'"。

尽管搞笑诺贝尔奖充斥着"无厘头"，却是实实在在的科学，所有获奖的研究都曾在著名学术杂志上发表。它一贯的宗旨是，先让人捧腹，再引人深思。

荷兰物理学家安德烈·海姆利用磁悬浮技术浮起一只活青蛙，因此获得2000年搞笑诺贝尔物理学奖。10年后，他和学生凭借"有关二维石墨烯材料的开创性实验"一举夺得2010年诺贝尔物理学奖。

每一年的搞笑诺贝尔奖，都有真正的诺贝尔奖得主参与颁奖典礼并和新晋得主握手。相信这两只手之间传递的同样是对科学的激情。

只不过其中一只会在握手时偷偷挠你的手心。戏谑是贯穿整个搞笑诺贝尔奖的主旨，它卸下科学冷峻的外表，抛开晦涩的论文腔调，也不像一般奖项带有竞争的紧张感，从头到尾，让人看到的是科学家作为普通人对生活和科研的热爱，以及科学与生活之间温暖的距离。

所有获奖奖项中，有一个令我印象最深刻。它是颁给虚拟人物做过的虚拟研究：20世纪，有人发现了宇宙中最重的元素 Administratium。

它的原子数是0，在氢氦锂铍硼之前，它有1个中子，125个助理中子，75个副中子和111个助理副中子。作为一个没有质子或电子的元素，原子量竟然有312。

因为缺乏电子，所以 Administratium 是惰性的。懒到什么程度呢？1秒能完成的反应，加入 Administratium 后反应拖延了4天，并且它还有毒！

这种元素广泛存在于自然界，尤其喜欢停留在政府和企业最大的那张办公桌上。科学家想尽办法剔除其毒性，防止它的破坏，但目前为止仍未发现有效的方式。等到突破的那天，估计能再次拿搞笑诺贝尔奖了。

对了，Administratium 的中文名叫"官僚"。

（摘自《读者》2018年第23期）

基因时代

阿　来

　　中欧有个叫孟德尔的修道院院长，在宗教修习之外，还特别勤于农事，并且进行了许多异想天开，甚至与其信奉的教义相忤的试验。就在这个修道院的菜园子里，有一种植物因此获得了特别的名声。这种植物便是十分寻常的豌豆。

　　也许是豌豆这种寻常植株的花朵特别美丽吧，孟德尔在修道院寂静的园子里栽种了几十种豌豆。那个园子变成了一个豌豆花园。孟德尔又把红色花的豌豆与白色花的豌豆进行杂交，他要看看这样做会开出什么样的花朵。

　　结果，他发现了一些有趣而难解的现象，并且这些现象是有规律的。他把深藏其中的造成这种规律现象的因素命名为"基因"。就这样，探索生命遗传秘密的科学从孟德尔的修道院里发源了。

这个时间是1866年。

现在，一百多年过去了。生命内部所隐藏的遗传密码已经被一代代科学家一一破解。人类一步步前进，在倍数越来越高的显微镜下，生命内部的更多秘密被发现。21世纪初，在多国科学家的合作努力下，人类基因组图谱被全面破译。从纯技术的观点出发，这种进步，无疑具有革命性意义。我们从科学界和媒体上听到一片欢呼声。

这个前景就是在未来的几十年中，我们的生活方式将发生深刻的变化：我们的温饱将不再依赖于农民与土地，食品与衣物将由基因工厂来提供；基因复制可以取代传统的生殖，一个缓慢老去的人将看到自己的复本健康成长；人在胚胎期时，很多基因缺陷将得到修复，以避免许多遗传性疾病，甚至通过修复，还可以提高其智力、体格与性格方面的素质。一个人捧读自己的遗传密码，就像是看一本菜谱。

有一位科学家对基因时代的特征概括得十分精准。他说："过去我们认为，我们的命运存在于自己的星座中；现在我们知道，在很大程度上，我们的命运存在于我们的基因中。"

是的，纯粹从生命科学的角度看，一个人的面貌、健康、性格、智慧，甚至寿命的秘密全部藏匿在那一组组神秘的基因密码中间。

但是，也有人会在一片欢呼中显得有些忧心忡忡，并发出一些冷静的声音。其中有个叫杰里米·里夫金的人说："生物技术世纪很像是浮士德与魔鬼签订的协议。它向我们展示了一个光明的、充满希望的、日新月异的未来。但是，每当我们向这个勇敢的新世界迈进一步，'我们会为此付出什么代价，这样恼人的问题就会警告我们一次。"

有必要提醒读者不要误会，杰里米·里夫金并不是一个技术保守主义者。他在二十多年前便与人合著《谁应扮演上帝？》一书。那时，生物工程还是一门新兴的技术，他在那本书里展望了生物工程技术可能给人类带来的福音。他与合作者霍华德甚至准确地预言，许多遗传技术将在21世纪到来前试验成功。这其中包括基因物种、试管婴儿、租用子宫代孕、人体器官制作与人体基因手术等。

我们不能不说，这种展望是科学而乐观的。但是，作者又进一步指出，这种上帝似的创造也潜伏着一些风险，特别是道德上的风险：比如在身体检查中将增加对遗传病的检测，由此会导致遗传歧视；虽然药品、化学和生物技术公司在对地球基因库进行开发，而我们却无法预测被这些遗传工程改造过的生物体是否会给我们带来长远的毁灭性威胁。

在今天，生物技术上的任何一点进步，总会在媒体上激起一片欢呼声。同时，一些看起来有些悲观的声音，却容易被深深地掩藏起来。

比如在原子能的开发上，很多早期的积极倡导者，都成了和平主义者。费米和西拉德在爱因斯坦的促成和帮助下，得到美国政府的支持，制造出第一颗原子弹。但他们后来都成了破坏力更大的氢弹实验的反对者。费米就曾经满怀忧虑地说，氢弹"就其实际效果而言，几乎是一种种族灭绝的武器"。同样，苏联的"氢弹之父"萨哈罗夫，最后也成为一位和平主义者。他们觉悟了，都成了和平利用原子能的积极倡导者。但是，我们假设，这些科学天才的觉悟如果来得更早一点会产生什么样的结果呢？

从历史的经验看，当任何一种新的技术出现带来生产方式的进步时，我们总是以乐观的心态大声欢呼。虽然，之前也有人提醒我们，任何一种技术都是一柄双刃剑，但真正的觉悟总是要在产生恶果之后。

石油在风驰电掣的汽车发动机中燃烧，引擎在歌唱，但空气被污染。空调使我们能永远享受适宜的温度，冰箱将容易腐败的食物保鲜，但那一点点冷却剂却使臭氧层——防止我们受到宇宙射线伤害的保护罩受到严重的破坏。

现在，生物技术更是与人类的生活密切相关。在面积有限的地球上，人越来越多，可种植食物的土地却越来越少。所以，我们需要不用土地就能生产食品的基因工程。人类许多尚未攻克的疾病，到了基因的秘密真正揭开的那一天，就可以被攻克。这对于渴望长寿并摆脱疾病痛苦的人来说，更是一种特别的诱惑。

这个社会的绝大多数人对于科学技术的进步总是抱着欢迎态度的。更重要的是，人类在过去的历史经验中，特别是20世纪这个科学大跃进的进程中，在充分享受社会的繁荣进步后，也产生了相当负面的作用。所以，今天，当科学的地平线上出现新的可能，人们在评估其正面的意义时，总会有人对其可能带来的负面效应进行深入的思考，为其可能带来的技术风险、伦理风险感到忧虑。

因为，当一种新技术面世时，技术乐观主义者们总是从纯技术意义或者是纯经济意义出发的。而真正的全面考虑，应该是以人类历史为坐标点，进一步做出社会结构的、道德伦理的评判。

一位生物技术的研究者曾经说过，在生物技术这一学科正预示着诸多可能性，并进入实施阶段的时候，"我就希望我们能从物理学和化学在19世纪至20世纪的两次科学革命中吸取教训。那两次科学革命给人类带来了巨大的福利，也带来了严重的问题。假设在正式启动那两次科学革命之前，当时的人们能够对它们的潜在利害面对公众进行一场周详辩论的话，那么我们更重要的是我们的子孙后代，就不至于陷入那两场科学革命所引发的日益严重的环境、社会和经济困境之中了"。

而在今天，遗传学所引发的生物科学革命，远远超过人类历史上任何技术革命给人们带来的困惑。当基因图谱被完全破译，人类可以自由地重新编制生命遗传密码时，是否就意味着终止了几十亿年的生命进化过程？

就像我们并不十分清楚几十亿年生命进化史上的众多细节与一些关键环节，我们更不清楚这样做最终会在整个生物界产生怎样的后果。因为这个世界上的任何存在都是互相依存、互为因果的。换句话说，在卡尔·萨根所称的宇宙间这个叫作"暗淡蓝点"的地球上，生物链上某一个环节的超常膨胀，会在很大程度上影响到别的生命的进程。

第二个忧虑是，如果这个世界上全是经过克隆、基因修改、转基因技术制造的生物，人类最后会长成什么样子。

如果需要，我们可以拉出一个长长的单子来。但我相信，有一个问题会从所有问题中凸显出来。那就是，在基因革命以前，生命的形成是美丽的、奥妙无穷的，而且具有深厚的感情色彩，并给人带来巨大的生理快感与痛苦。这是人类最伟大的体验，是人类情感形态的坚固基石。

但是，当可以用工业化的方式，按照预计的方向制造生命的时候，人类的情感会发生什么样的变化？

科学家们用我们能够理解的欣喜心情与方式，向我们描绘着这一切所带来的美妙前景，但有一些问题却在有意无意间被掩盖起来。看上去这好像是科学界、政府部门、跨国公司、媒体甚至公众之间的合谋，是一种默契。因为任何一项新技术的全面运作，都会在这个世界的经济运行图上，拉出一根长长的阳线。

但是，无论如何，我们正在向基因时代走去。从孟德尔用开红花与开白花的豌豆做杂交实验开始，到今天描画出人类基因图谱，已经过去差不多整整一个半世纪了。每隔一段时间，我们都能听到为了技术进步与突破而鼓舞欢呼的声音。但对未来的技术风险，表示忧虑的声音还是太过弱小了。

（摘自《读者》2018年第12期）

人之美
严姗姗

　　2021年8月8日，东京奥运会正式落下帷幕，中国体育代表团以38枚金牌、32枚银牌和18枚铜牌圆满收官。除了优异成绩令国人振奋，奥运健儿多元的美丽也令人瞩目。有网友发文感叹，奥运会教人们摆脱了"贴满标签的审美观念"。

　　33个大项、339个小项，各种肤色和身材的运动员同场竞技，奥运会不仅没有传播身材焦虑，反而激励更多国人强身健体，践行"文明其精神，野蛮其体魄"的号召。

速度之美

　　北京时间2021年8月1日，东京奥运会男子100米半决赛中，32岁的苏炳添以9秒83的成绩闯入决赛，打破亚洲男子百米短跑纪录，成为电子计时时代第一位闯入奥运百米决赛的亚洲选手，"中国速度"震惊亚洲。无论是在赛后尽情释放情绪，还是在场边走路被镜头扫过，他雕塑般的身材都让人过目不忘。

因为甜美笑容"出圈"的23岁游泳小将张雨霏，在本届奥运会上收获两金两银。新一代"蝶后"在泳池中全速前进的姿态，灵巧舒展、线条优美。

赛艇项目上，一举拿下女子四人双桨金牌的中国姑娘陈云霞、张灵、吕扬、崔晓桐，配合默契，每一次挥桨都展现出极强的控制力。因长期户外训练而皮肤黝黑的姑娘们，在阳光下显得健康有活力，看起来赢得轻松，但正如吕扬赛后感叹："比赛过程在你们看来是比较容易的，那些不容易只有我们自己知道。不过今天拿了这枚金牌，所有的不容易都变得容易了。"

力量之美

在东京奥运会男子81公斤级举重比赛上，37岁的吕小军为中国军团斩获本届奥运会的第21金，早已走红海外的"军神"干净利落地把超过自身体重两倍的杠铃一次性上送到位，将力量之美展现得淋漓尽致。

力量之美也不止一种。2000年出生的举重队最小选手李雯雯，在东京奥运会女子举重87公斤以上级比赛中，以抓举140公斤、挺举180公斤、总成绩320公斤的绝对优势拿下冠军。李雯雯赛后比心的模样，更是展现了力量背后的"反差萌"。

在田径女子铅球决赛中以第6投20.58米创个人最佳成绩的河北姑娘巩

立姣，面对等了21年的金牌，哭了出来，一句"人一定要有梦想，万一哪天实现了呢"，展现出坚持不懈的美丽。赛后接受采访时，被问及曾经为了项目增肥的经历，巩立姣透露，有段时间按外教建议为了加快速度而减肥，但之后力量和能力都有所下降，所以又努力增肥，只为以最好的状态参与竞技。

技巧之美

东京奥运会女子单人10米跳台决赛中，2007年出生的全红婵被誉为"会水花消失术的小仙女"，决赛3次跳出满分，拿下金牌，身姿轻盈舒展、灵气逼人。

在奥运会竞技体操男子吊环决赛中获得金牌的刘洋，因为霸气的邪魅一笑成功"出圈"，"歪头杀"背后的原因却是大拇指抽筋，令人忍俊不禁。

东京奥运会最后一个比赛日，中国艺术体操"五朵金花"——郭崎琪、郝婷、黄张嘉洋、刘鑫、许颜书，5位平均年龄不到22岁的中国姑娘创造了历史，拿下了艺术体操团体全能决赛的第4名。当《飞天月舞》的伴奏响起，中国姑娘们踏着古典舞步，流畅地展现了敦煌飞天的舞韵。为了备战奥运，她们前往敦煌采风、深入芭蕾舞团学习……终于迎来了在东京的惊艳亮相。

多元的形象，拓宽了人们对美丽的接受范围，加深了人们对美丽的理解。

"他们就是极美的。有瑕疵的皮肤，健实有力的身躯，不屈不惧的眼神。深沉内敛也好，天真明亮也好，斗欲凌厉也好，那是经历过难以想象的艰苦折磨、肉体与灵魂的淬炼精进，将极限的边界一点点向更快、更高、更强推进，才拥有的'人之美'。"网友写道。

（摘自《读者》2021年第18期）

器物精神

流　沙

　　杭州的菊英面店开在中河南路上，靠近雄镇楼。未上《舌尖上的中国》之前，在那里吃碗面需排队半个小时，有人在朋友圈里吐槽，说现在吃面要排队一个小时了。

　　菊英面店我经过了几次，但都不是饭点。这家面馆最吸引我的倒不是那里的"片儿川"，而是每年7月至9月，面馆会放两个月的暑假，这在整个杭州是绝无仅有的。老板说，钱是赚不完的，让员工有休养生息的时间，这才是老板该有的生活态度。

　　菊英面店的老板真的是有"态度"的。一般面馆搞卫生，抹抹桌子、拖拖地就可以了，而在这家面馆，里里外外、上上下下，连吊扇上的灰尘每天也要抹一遍。

　　我认为这是久违的"器物精神"。什么是"器物精神"呢？就是对物件的钟爱，也可延伸至对所从事的工作注入情感和人生态度，再说得大一点，就是精神追求。

菜场里有十几个肉摊，其中有一个摊位与众不同，体现在刀具上：别的摊贩的刀具或是黏着肉沫子，或是血淋淋的。他的呢，时常用一块纯白的毛巾擦拭，每一把刀都闪耀着银色的光芒。他的案台也干干净净，一丁点儿木渣也没有。他不像是在卖肉，倒像是在西餐厅工作。有人买肉，他一刀下去，手顺势一拉，一块肉就割了下来，没有一点儿拖泥带水。

这也是"器物精神"。

我没有与他交流过，许多客户说他的肉摊清爽，清爽是外在的东西，其实里面是有文章的。

中国其实是一个具有"器物精神"的国度。在明代以前，无论是中国人的科技发明水平，还是生活水准，在世界上都是数一数二的，当然，中国人的器物精神也远远地高于西方人。最能体现中国"器物精神"的就是瓷器和丝绸。瓷器的功能本来就是盛饭盛菜，用个陶钵和竹筒也能实现，但中国人把它艺术化了。瓷器出口到西方，让西方人叹为观止，他们发现原来吃饭的器具也可以做得这样精美。丝绸同样把衣料这种生活必需品艺术化了。

反观当下的"器物精神"，大家都奔着利而去，从小到大都只想一个问题——怎么赚到更多的钱。很多人没有精神追求，所以一家生意极好的面馆一年要放两个月的假，是让人不可思议的；天天耗费时间擦洗店面的里里外外也是让人不可思议的。

也有人把"器物精神"等同于"工匠精神"，但"工匠精神"只是它的第一个层次，更高的层次就是器物的美化，甚至艺术化。你制作一个物件或是完成一项工作，不仅仅为了实用，也是内心所需，自觉而为，然后乐此不疲。

　　就像那个卖肉的师傅，这样普通的行当，其中也可以包含人生的态度。

　　　　　　　　　　　　　　　　　　（摘自《读者》2014年第18期）

人类会爱上人工智能吗

宝　树

在今天的科幻小说或影视剧里，人类和人工智能发生爱情或亲情关系已经不是什么新鲜桥段了，譬如《AI》《机械姬》《真实人类》《西部世界》……故事中的机器人或优雅美丽，或风度翩翩，实在比一般人可爱得多。即便现实中，也有越来越多的人迷上虚拟人物，比如游戏的主角，甚至Siri之类的助理程序。如此一来，越来越多的人开始忧虑：这么下去，人会不会将人与人之间的情感转移到机器上呢？如果人不再爱他人，只爱机器，又会如何呢？

这种忧虑有其道理，不过许多人认为，爱是一种伟大而神圣的情感，不容被低下的机器玷污——这不免有点狭隘。人类之爱并不是天赐的，从进化心理学的角度来看，它是为了保障种族的延续和进化才产生和发展的。

动物进化到比较高的阶段，很难在胚胎阶段就发育完全，无法一出生就独立生活，因而需要一定的照料。所以在哺乳动物和鸟类中，母亲对子女一般都有强烈的爱。譬如袋鼠从小住在母亲的育儿袋里，小熊长期跟着母亲学习求生和捕猎技能。有时候还需要父亲，如很多鸟类都是父母一起孵化和喂食的。对于群居动物，因为必须作为共同体生存，所以爱的表现更加普遍和丰富，影响也更为深入。狼（狗）可以为首领奋不顾身地冲杀，猿猴会对伤心的同伴表示慰问，大象甚至会为死去的成员举行某种"葬礼"……没有这样一种相互的关爱，群体生活很难维持下去。

人也是群居动物，人类社会的庞大和复杂程度是任何其他动物群体都无法比拟的，因此所需要的爱也就更多，类型更加丰富。所以人真正的爱是指向同伴的，是对他人安全和幸福的关切，而不是对于物件的贪恋。当然也有例外，比如许多人很爱小动物。这种爱基本上还是来源于亲子之情——我们觉得很可爱的猫、狗以及大熊猫（当然这个没法自己养）等"萌物"，都是因为与幼儿的情态相似而受到人们的喜爱，而豢养它们又比养孩子容易得多。在这种情况下，人会把宠物当成孩子或同伴，仍然是当成某种"人"去爱。

而说到机器，人类很难真心去爱它们。外观就是一个重大的障碍。美国心理学家哈利·哈罗在1930年做了一个关于恒河猴的实验。哈罗和助手设计了两只假的母猴：一只是用铁丝编成的，安有一个橡皮奶嘴，一只是仿真的布偶猴。他们发现小猴非常喜欢后者而疏远前者，即便前者有奶汁可以吃，小猴也会在吃完奶后回到后者的怀抱。所以笨重冰冷的金属机器人，诸如《星球大战》中的 C-3PO 和 R2-D2，虽然因为故事情节的编排而显得很可爱，但这种造型的机器人恐怕得不到人类多少情感寄托。

不过，也有高度仿真的机器人。这种用生化材料制成、外貌拟人的机器人，今天还处于初级阶段，不过将来很可能出现拥有和人难以分辨的容貌、仪态甚至可以对答如流的机器人。如果这样的"人"问世，我们的理智虽然可以分辨，但是感性上发生情感的羁绊是完全可能的。说不定我们会在一定程度上"爱"这样的造物，就像我们爱宠物一样。

不过这种爱仍然有一些限制，比如说我们对于人的爱具有独一无二性和不可替代性——如果你爱你的父母、伴侣和子女，即便你知道有其他更好的对象，也不会选择去换掉他们。但假如有一个更高级、升级版的机器人问世，你会想要换掉原来的那个吗？恐怕大部分人会毫不犹豫地替换吧。你也许会说，你深爱这个机器人的外貌和性格设定，不想要更好的，但即使这样，也有无数一模一样的可以备用。当它损坏甚至报废的时候，你也不会像亲友受伤、死亡时那样感到锥心的痛苦——花钱重新配一个就好了。

另外一方面，机器人是出于商业目的制造出来的，它们的存在就是为了服务和取悦人类。人类爱上对自己好的他人，是因为人理解他人是和自己不同的个体，有独立的人格，这种"好"才弥足珍贵，我们也会想回报他人。对爱的进化心理学起源的研究也表明，爱的终极实现不在于个人的心理体验，而在于行动：牺牲自我的部分甚至全部利益，去帮助和拯救他人。

但对于机器人忠心地服务于自己，我们会视为理所当然，因为感受不到它们的人格和独立性，也就很难有真正的爱。对于机器人，只要花钱就可以买到，也不需要我们去牺牲自己，帮助和拯救它们。在这种爱中注定不可能充分实现自己。如此说来，也许会出现最糟糕的情况：我们不会真正爱上机器人，但被机器"宠坏"了之后，我们很难再去爱对我们没有那么好的同类了。

当然，假如像科幻小说或影视剧中那样，出现真正有自我意识和独立思想的机器人，从某种意义上来说，它们拥有了人的灵魂，我们当然也就可以去真正爱它们了——不过那时候它们爱不爱我们，又是一个新的问题。

爱是人类数百万年来进化出的高级情感，有了它人类才能发展到今天，但今天它正面临着前所未有的挑战。面对新科技提出的问题，我们没有确定的答案，唯愿对于人类的爱给我们以找到答案的勇气。

（摘自《读者》2019年第8期）

炽热的心

亦 舒

救护人员找到"南薇"号的时候，它左臂毁坏严重，右腿完全失去，体内零件失灵，只有脑部传出微弱的讯息："危险，危险……"

吴琪博士来到实验室，看到这种情形，先是伤心，后是愤怒，接着泪盈于睫。"南薇"号是她的心血结晶，她用母亲的名字给它命名，她与它有着深厚的感情。

"吴博士，它不过是一个机器人。"助手们劝她。

吴琪冷笑，用手抹掉眼泪，握住"南薇"号的手："告诉我，发生了什么事？""吴博士，报告在这里。"吴琪冷冷地问："谁写的报告？""探险队队长高金林。""我不要看这种谎言。"助手有点尴尬："吴博士，高金林是一位德高望重的地质学家，他对此事深表遗憾。"

遗憾？吴琪笑出声来，在她生命中，何曾没有绝对遗憾的事，但别人并不会因为她的遗憾而原谅她。吴琪也不准备饶恕高金林。

她收起悲愤之情，与助手们细细检查"南薇"号的伤势，逐一记录。整队工作人员努力八小时，吴琪体力不支，只好回到办公室坐下，开会谈论结果。

助手甲："吴博士，'南薇'号已经彻底毁坏，不适宜修理。"

助手乙："重新设计一个机器人更经济省时。"

吴琪筋疲力尽，不发一言。

助手丙："博士，我有一个问题，这已是'南薇'号出生以来第三次被严重毁坏，恐怕我们难以令它起死回生。我们最初想把它设计成无敌机器人，会不会是程序上出错，才导致这么多次的失败？"

吴琪心里一动，抬起头来。她回到实验室，蹲在"南薇"号身边，坚决地说："我一定要把你修理好！即使花一年时间，我也会使你光洁如新，并且彻底追查你受伤的原因，加强你的设计，使你变得真正无敌。"

吴琪熄灯离开实验室，稍后，又回来拿走高金林的报告，关门离去。吴琪一夜不寐，阅读报告。报告中附着高金林博士的探险日志。他的文笔简洁流畅，扼要地记录了那一个月的大事，下文中的"我"，便是高金林本人。

一月一日，天气寒冷，"南薇"号前来报到，它真是机械工程与微型计算机科同事的精心杰作。当场测验它的知识范围，其水平超越我门下若干优等生，我惊喜不已。

一月三日，队伍出发，万绿丛中一点红，"南薇"号一定会帮到我们，名义上她是我的私人助理。

读到该处，吴琪抬起头来。她注意到，高金林在这个时候，把"它"字改成了"她"，从此处开始，高金林对"南薇"号的称呼变成"她"。

吴琪低头接着读下去。

一月六日，我们的任务，是要登上神秘高原测量该处大气层中臭氧的厚度，如果适合，将之捕捉贮藏，带至南极上空放出，填补该处破穿的巨孔。多么虚无缥缈的任务，却对民生影响至大。

吴琪当然知道这件事，臭氧层日渐稀薄，有害紫外线直抵地球，皮肤癌患者日渐增多。

一月十日，工作无进展，众队员开始急躁，只有"南薇"号风趣温柔如故。

一月十五日，气球第三次升空，测获理想成绩。"南薇"号自告奋勇，愿随队伍出发。

一月十六日，降落仪离地面三百米时突发意外，队员顾、庞、司马均受重伤，"南薇"号借出其私人喷射器——救助我队队员，使他们在千钧一发之际降落地面，她本身摔落急流失踪。

一月二十日，寻获"南薇"号，送返实验室，队员痛失良伴，悲伤不已……

看到这里，吴琪将报告摔到地上，用脚把纸张踩得稀烂。她才不会相信这些鬼话。

高金林的队伍彻底利用了"南薇"号，逼它顶替队员做高度危险的动作。

深夜，一阵风吹来，一片碎纸飞扬，如一只纸蝴蝶，缓缓飘落。吴琪悲痛地看到纸上写着"炽热的心"四个字。她神情憔悴，回卧室休息。

第二天一早，老师召见她："吴琪，我想让你放弃'南薇'号。你不如致力研发新产品。"吴琪说："相信我，我可以修复它。"

从那日开始，吴琪对待"南薇"号，犹如一个医生对待垂危的病人。她每日留在实验室里直至深夜，疲倦到极点时，就伏在桌子上打个盹儿。

她的助手们一个个回来帮她，细心地把支离破碎的"南薇"号逐一拼合。最先要修复的是它的脑，也就是它的记忆系统。开头的时候，杂乱无章，有一段没一段，渐渐地，拼图逐渐完整，透出希望的曙光。

"'南薇'号，你能听到我的声音吗？请回复我。""南薇"号发出微弱的声音："博士，我的摄影系统已被完全毁坏。"第一步已成功了一半："南薇"号有反应。

吴琪紧紧地拥抱"南薇"号，问道："发生了什么事？南薇，告诉我，我替你申冤。""南薇"号不断地响，发出杂声。助手甲说："吴博士，'南薇'号的记忆还有问题。"吴琪叹口气："我来负责修理。"又一个月过去，吴琪日渐消瘦，老师再次召见她："吴琪，恐怕我要命令你放大假。休一个月假，回来的时候，我要看到一个精神饱满、容光焕发的吴琪。"

老师仍然爱她、偏心她。于是吴琪名正言顺地利用所有时间修理"南薇"号，成果渐渐显现。开头的时候，"南薇"号很悲观："吴博士，我已修复无望，你不必再花心思在我身上，凡事不必勉强。"吴琪苦笑。"南薇"号的这种口气，像煞一个人。谁？当然是它的创造者吴琪。

当初把知识输入"南薇"号时，老师就提出过批评意见："程序中无聊的意识太多。"

"南薇，我要你回答我所有的问题，不得有误。高金林是否剥削你，利用你犯险，让你做规定范围以外的工作？"南薇似在思索，半晌它说："高君是一位正人君子。""你不妨有话直说，有我替你撑腰。""不，博士，高君真是优秀，高大英俊，英勇潇洒，是一个不可多得的人才。博士，我记得你说过，你一直在找这样的对象。"吴琪发呆，她忽然听出南薇语气中的倾慕之情。

（摘自《读者》2021年第22期）

父亲归来那一天

明前茶

我小时候，父亲归来的那一天，就如彗星降临的那一天一样不可思议。父亲是天文望远镜工程师，20世纪八九十年代，中国科学院下属的国家级天文台中，许多用于观测星系的望远镜是他设计的。组装好的望远镜，被小心翼翼地运往各地的天文台安装完毕，还需要父亲前往调试，以确保望远镜的运行达到设计标准。通常，他一出差就在一个月左右。

为了避免城市的灯光干扰，各地的天文台都建在市郊的高山上。父亲去调试望远镜，业余时间会跟当地天文台的工作人员一起种蔬菜、种西瓜，用以改善生活。那年头儿，人们都讲奉献精神，调试好精密度极高的望远镜，就能开启天文台的观测圆顶室，观察浩瀚星空，研究宇宙的演变与奥秘。这是让人无比欣喜的事情，所以父亲对出差毫无怨言，我们全家也毫无怨言。我和母亲都发现，当父亲出差归来时，那个木讷、谨慎，甚至有点儿刻板和忧郁的工程师会忽然变得浪漫起来。

我记得，父亲到陕西天文台调试望远镜，工作结束时正值临潼的石榴丰收，他带回了6个硕大的石榴。那是物流极不发达的年代，我们这些江南小孩，从来没有见过那么大的石榴。父亲按照临潼小贩教他的方法，在石榴顶上找到一个下刀处，在外皮上轻划了一圈，用力掰开。里面的石榴籽紧紧抱团，晶莹剔透，红润发亮。我们用勺子挖着石榴籽，细细品尝，它的甜是多维的、立体的、丰富的，有些许醇厚甜蜜，还有些许酸爽。我终于明白古诗中为何说："榴枝婀娜榴实繁，榴膜轻明榴子鲜。"繁密的石榴籽，是被怎样的土地孕育着，才有如此滋味？那时候，我就立誓要到北方去，看一看与南方红壤完全不一样的土地。父亲说，只有生长在排水性良好的沙质土壤中，石榴树才能结出如此硕大的果实。

父亲还去过新疆天文台调试望远镜，当时绿皮火车要走56个小时。在漫长的旅程中，父亲带足了榨菜、方便面，还有自己做的紫菜饭卷。等他归来时，他居然带了一个大纸箱，难道父亲带回了新疆的冬不拉？打开纸箱，全家人都笑了，父亲居然带的是新疆的棉花，它们是生长在棉枝上的一朵一朵的棉花哦。

父亲说，调试完望远镜，他去城里办事，搭乘老乡的拖拉机，路过浩瀚无边的棉田，被一望无际的丰收场景震撼，他便用口袋里的清凉油，向棉农换了几枝棉花。棉农困惑地问他："要做一副棉手套，或者一顶厚棉帽，这点棉花不够，要不要多送你一点？"父亲笑着说："够了，千万别把棉花从棉枝上扯下来，我要让两个女儿看一看，真正的棉花是什么样子。"记得那天，我们把家中腌萝卜干的空坛子反复刷洗，接着，这干燥的棉枝被父亲插入坛中，成了家中别致的装饰品。掉落的小棉枝，父亲让我从中扯出棉花来，摸摸里面的棉籽儿。他说："在新疆，许多地方有这样的棉花。那里的棉花质量很好，做一床棉胎，可以用20年都不会扁塌。"

父亲还去过云南天文台。那次他去调试望远镜，我正上高三。母亲觉得在这节骨眼儿上，家里的顶梁柱不应该再出长差。但是，父亲说，云南天文台的这架望远镜，对研究星系的形成和变化有着特殊意义，只有把它装成了，人们对宇宙大尺度结构的研究才能更进一步，所以，他必须去。父亲承诺，等他归来时，会带给我们惊喜。

父亲去了40天，回来时带着从花卉市场批发的一箱子白玫瑰花。我们都吃了一惊——这是他人生中第一次给母亲买花。家里没有这么多花瓶，母亲不仅动用了没有来得及扔掉的白醋瓶、腌腊八蒜的坛子，还抱着余下的玫瑰，送给邻居。令人疑惑的是，在一大捆白玫瑰花的上面，父亲还放了一把蔫掉的硕大花苞，也是洁白的。看上去已经枯萎的花，为什么还要带回来？父亲说："你们不懂，这就是成语'昙花一现'中的昙花呀！昙花是仙人掌科植物，在夜间开花，两三个小时后，这些花朵就枯萎了，必须从花枝上瓣下来，否则下一轮花朵就没有力量盛放。"昆明人喜欢用昙花做甜汤，父亲买了8朵昙花，想让我们尝一尝昙花汤的味道。

他将昙花的花萼轻轻去掉，把那些柔弱无骨的花瓣用清水反复冲洗，待将莲子等配料熬够40分钟后，在起锅前加入昙花的花瓣。昙花的花瓣，口感又滑又嫩，带着云贵高原上的清香气。父亲的背包里，还装着昙花的小苗。花农对他说："昙花其实很好养，只是栽种后需要三四年才会开花。你要学会耐心等待。"

这次昆明之行，给父亲带来喜悦的，不仅是望远镜调试成功，还有他归来时，我的高考成绩已经出炉。高过一本线41分的成绩，令他十分满意。他送了我一个礼物作为奖励，那是一架迷你天文望远镜，镜片是父亲跟着云南天文台的磨镜师傅学习并磨制的。满月时，用这台小望远镜可以清清楚楚地看到月亮上的环形山，看到清辉四溢的月亮上，有山地，有凹坑，也有被宇宙风暴吹袭后形成的暗影。

父亲归来那天所带回来的，是外面那个浩瀚无垠的世界。他曾经说，女孩子成长中最要紧的事，就是不局限于眼前的鸡毛蒜皮、些微得失，要看到地球上的千山万水、春华秋实，看到在宇宙星际之间，自己是一粒多么幸运的尘埃。如果你的视野之内都是乌云，那肯定是因为你站得不够高，眺望得还不够远。归来的那一天，作为父亲，他想给予我的教益，就是如何跳出个人的狭窄视野，去看待这个世界的别致角度，小到一个石榴、一枝棉花，大到一架望远镜。他做到了。

（摘自《读者》2021年第19期）

最不重要的素质就是智商

施一公

施一公说："无论什么学科，物理、工程、生物、文学……我认为最不重要的是智商。"在他看来，对于科学研究，最重要的是这3个方面：时间的付出、方法论的改变和建立批判性思维。

我的成长之路

在座的有些同学可能还没有想明白以后要做什么，会感到焦虑：如果对科研不感兴趣、没想好未来的发展方向，该怎么办？

其实我想讲的是，当我在你们这个年龄的时候，也就是二十几年前，我也没有想好，也非常迷茫。这种迷茫一直持续到1995年，博士后完成之后，我才隐约知道自己要做什么。

当时的迷茫来自很多方面，其中就包括大学的专业选择。我当时被保送上大学，报的第一志愿可能大家想不到，是机械。

直到1985年5月，清华的老师来招生时对我说，生物化学是21世纪的科学，我才第一次把生物和化学连接在一起。当时突然觉得豁然开朗，于是阴差阳错地上了生命科学这条船。

我在清华的时候生物学得不好，于是修了数学双学位，通过加强数学、物理课程的学习来弥补生物成绩的不足。所以说，我选专业第一不是凭兴趣、第二不是凭专长，而是凭清华老师的一句话。当然这是一句玩笑了。我是从清华提前一年毕业的，当时我对学术没有兴趣，却对从政感兴趣。我认为从政可以改变社会，但又没有方向，所以觉得要先去经商。于是，我和清华大学科技批发总公司签订了一个代表公司去香港经商的协议，做公关。结果就业合同因故被撕毁，纠结一晚后，我决定出国读生物学博士。

在霍普金斯大学读博的5年很辛苦，尤其是前两年，我的情绪很不稳定。由于我数理思维太严谨，常常绕不过这个圈，总觉得学生物怎么这么难。

有一门生物学考试，我考了3次，分别是52、32、22分，只有第一次及格，我去求老师放我一马："我是一个好学生，学生物还在适应期。如果我考不及格，我会失去奖学金，没有奖学金的话我会读不下去，只能退学。"

老师戴着眼镜眯着眼睛看了我半天，好像在看我是不是一个好学生。最后他给了我一个 B-，我对他真的非常感激。

直到博士三年级，我才找到了一点感觉，发现我也能做一点东西；到了博士四年级，终于信心大增，因为出了成果；到了毕业那年，博士五年级，我感到，原来我也可以在学术界"混"个工作。

博士读完之后，我不清楚我能干啥，也不清楚我会干啥，在最挣扎的时候也想过转系：转数学系、转计算机系、转经管系，转任何一个系我都觉得易如反掌，因为这些都是能发挥数理长处的地方，但我没有转。因为我在说服自己，也许以不变应万变最好，也许生命科学真的是21世纪的科学呢？就是一种在矛盾中继续往前走的状态。在1995年4月博士学位答辩完以后，我还是不清楚自己会做什么。

我想也许我可以从商。于是我还面试了大都会中国区首席代表的职位，卖保险，而且通过了。我差点成为中国第一个卖保险的人，当时能有六位数的工资。在博士毕业之后我还设立了自己的公司，和两个哥们儿一起做中美贸易交流，这段经历也很有意思。

1995年11月，我下定决心还是走学术这条路。所以从1995年11月到现在，我的主要精力都放在做学术上，我也告诉自己，这种兴趣一定可以培养起来。如果有同学感觉对所学领域没有兴趣的话，我想你不会比我更糟。我是在博士毕业半年之后才开始培养兴趣的，现在我的兴趣极其浓厚，可以废寝忘食、没日没夜地干，并且乐在其中。

博士后那几年在外人看来极其苦，其实我自己身在其中并不觉得。从1995年11月到1997年4月，博士后做了一年半时，我得到了第一份工作，在普林斯顿大学做助理教授。

我觉得我挺幸运的，1997年4月，我在普林斯顿开始独立的科研生涯。其实对专业、对研究，我曾经非常迷茫，也走了不少弯路，但我觉得我还是走过来了。所以，当你迷茫的时候，我建议，不要觉得只有把你的迷茫、把你所有的问题解决了才能走下一步，我很不认可。我认可一点：不要给自己理由——当你觉得兴趣不足、没有坚定的信心、家里出了事情、需要克服心理阴影往前走的时候，不论家庭、个人生活、兴趣爱好等方面出现什么状况，你都应该全力以赴，应该处理好自己的生活，往前走。不要给自己理由。因为你一旦掉队，心态就会改变，而把心态纠正过来很难。

认识你自己

大家可能认为我很自信，其实在求学的过程中，我一直是一个非常自卑的人。

但同时，我还有一个性格特点是好胜。如果不好胜、不自强，我也很难走到今天。但特别好胜的人也更容易受打击，更容易自卑。

高中以来我总是觉得自己不聪明，所以总是很刻苦，觉得要笨鸟先飞。举个例子，我什么地方都好胜，在清华体检时，我身高不高，又不能踮脚尖，所以测坐高时我拼命往上拱了拱，结果我身高不到全班前五，坐高全班第一。

当时我还没有想明白，还沾沾自喜，终于有一项第一了。直到有一位同学提醒我的时候，我的自卑感突然油然而生。我就问我的教练："孙老师，我的腿短吗？"孙老师的回答非常艺术："一公，你训练很刻苦，以你的身体条件，能取得今天的成绩很不容易。"

我们家从来没出过运动员，就我一个，我是二级运动员。我上初三的时候，班主任老师鼓励我报1500米长跑。发令枪一响，我领先了整整100米，最后被倒数第二名落了整整300米。我在我们班同学的鼓励声中跑过了终点。初三的施一公什么都不爱，就爱面子，当时是在青春期最爱面子的时候在同学面前丢脸了，自尊心备受打击。但我那时候很争强好胜，运动会第二天我就开始练跑步。一年之后我的800米跑了2分17秒，3000米跑了10分35秒。

（摘自《读者》2021年第20期）

机器人法则

熊　辉

当机器可以思考时

2018年3月，在美国亚利桑那州的坦佩市，一辆自动驾驶汽车将推着自行车过马路的伊莲·赫茨伯格撞倒。当时，该自动驾驶汽车以每小时70千米的速度行驶，并且是在其车载电脑发现赫茨伯格6秒之后才将她撞倒。6秒的时间足够汽车停下来或转弯，但它什么都没有做，而是直接撞向了她。赫茨伯格在被送往医院后死亡，这是第一个被自动驾驶汽车撞死的行人。

美国国家运输安全委员会通过对这一事件的初步调查发现，为确保更顺畅的驾驶，这辆自动驾驶汽车的紧急制动器被设计为在自动驾驶时禁用，而且也没有提醒操作人员注意危险的设计。

75年前，美国著名科幻小说家艾萨克·阿西莫夫就提出了机器人三大定律，其中的机器人第一定律为：机器人不能伤害人类，或者坐视人类受到伤害。今天，我们已经处在一个机器人几乎随处可见的世界里，但是对于我们应该如何与机器人共同生活的深层次问题，仍然没有完美的答案。

在过去的几年中，尽管出现了很多关于智能机器人的报告和政策建议，但到目前为止，阿西莫夫的定律仍然是一种幻想。

欧盟机器人法律报告的起草者麦迪·德尔沃将目前的情况与汽车首次出现在道路上的情况进行了比较。她说："第一批驾驶员在开车上路时没有规则可遵守，他们按照自己的想法合理或谨慎地驾驶。但随着技术的普及，社会就需要规则了。"

麻烦的是，规范机器人对人类事务的干预比制定道路交通法规更复杂。例如，保护乘客和行人免受自动驾驶汽车伤害的立法，无法阻止数据抓取算法对选民投票的影响。用于诊断和治疗的医疗机器人与战场上的机器人需要不同的规定。

机器人行为守则

关于机器人的立法还有另一个障碍，法律过于笼统，不会过多考虑背景。对阿西莫夫来说，背景可能构成规则的一部分。他的许多故事探讨了机器人试图在不同场景中应用法律的意外后果。在他1942年出版的小说《环舞》中，当机器人试图同时满足第二定律（遵守人类给予它的命令）和第三定律（保护自己不受伤害）时，机器人陷入了困境。阿西莫夫的定律非常适合小说，但不适合实践。

将这种法律解释为行动常识几乎是不可能完成的任务，有学者曾尝试这样去做，但最终因为太难而放弃。

最终，辩论归结为道德问题而不是技术问题。英国上议院人工智能委员会的史蒂文·克罗夫特说："人工智能带来的新力量需要一种新的道德规范。为了人类的繁荣，社会应该塑造规则，而不是让规则塑造社会，这一点至关重要。不能允许私营公司制定规程来决定每个人的利益。"

正如克罗夫特所强调的那样，不同的地方有不同的文化，不同的文化也有不同的规则。例如，相比其他许多国家，日本对伴侣机器人的接受度要高很多，欧洲国家对隐私和数据收集的态度与美国不同。

尽管如此，肯定有一些所有人都同意的指导方针。无论如何，机器人有能力对人类造成伤害——不管在手术室、战场上还是在路上。因此，人类的监控至关重要。

人们经常用"电车难题"思想实验来表明，允许人工智能自行决定所带来的危险。如果自动驾驶汽车必须选择在发生事故的情况下杀死谁，这对车上的乘客和路上的行人来说肯定是致命的。但美国华盛顿大学的瑞安·卡洛认为这个思想实验很荒谬，让机器人除了杀人别无选择本就是一个奇怪的假设，更值得思考的是技术带来的新的可能性。

卡洛设想了一种情景：想象一辆混合动力的自动驾驶汽车，可以通过汽油发动机为其电池充电。这款车的设计目标之一，是使其燃油效率最大化。在跑了几天之后，汽车发现使用充满电的电池时效率最高。它就会每天晚上在车库运行其发动机，这样早上就能使用充满电的电池了，但这样做可能会导致家中的人因一氧化碳中毒而死亡。

这明显违反了不能伤害人类的法律，而且很难被预见。在这种情况下，我们如何判断错在哪里以及应该责怪谁？有人认为机器人的责任应该由制造商承担，他们将商品投放到市场，理应承担责任。

问题在于，对于谁承担责任，法律通常要求被告预见其行为的结果。但是，对拥有学习能力的人工智能来说，这可能并不合理——就像卡洛设想的电池充电场景一样。为了避免出现这种不可预测的行为，有人建议自动驾驶汽车不应该有自学能力，但这明显与人们对自动驾驶汽车的期望不符。

我们可以要求的是，机器人的行为实现自洽。确保负责任地使用算法可能意味着我们需要新的人工智能混合算法，让机器学习软件与人类更容易理解的技术相结合。这是一个令人兴奋的新研究领域。

当机器人越来越像人

美国加利福尼亚州帕洛阿尔托未来研究所的理事安妮·伊马菲登说，如果我们希望人工智能以最小的伤害提供最大的利益，那么关键不仅仅是让人们理解机器人，而且要制造更好的机器人。她的答案是确保机器人不会具备我们对事物先入为主的执着。这样我们就可以避免一些悄悄进入人工智能的偏见，并扭曲自动化的决策制定。

如果我们能够克服这些挑战，那么，能拯救生命、行为自洽并公平对待我们的机器人将受到大多数人的欢迎。但是，随着我们能够创造越来越像人类的机器人，我们必须考虑让我们感到舒服的人机互动方式。

语音识别技术让我们能够或多或少地与我们的设备交谈。谷歌公司通过人工智能合成的声音，足以使另一端的人认为他们正在与一个人交谈。机器人专家正在制作具有栩栩如生的肉体和头发的人形机器人。与此同时，又产生了一个更大的担忧。人类很容易形成情感依恋。但是无论机器人看起来多么逼真，我们都应该清楚自己是与机器，还是与人进行交流。

在日益自动化的世界中，人们很容易忘记机器是由人类编程、拥有和操作的。设计和使用它们是为了一些更高、更人性化的目标：安全性、舒适性、效率、利润。设计机器人遵循的法律是一个有趣的思想实验，但最终会分散注意力。真正的机器人法律应该对相关的人进行检查，而不是对机器。

作为人类，我们需要依赖深厚的传统智慧来解决这些基本问题，不能单靠技术来回答。然而，至少有一点我们都会认可：人类应该始终能够关闭机器。

机器人五大法则

任何普遍的机器人法则都可能包括以下内容：

法则1：机器人不得伤害人类或让人类受到伤害——除非它受到另一个人的监督。

法则2：机器人必须能够解释自己的行为。

法则3：机器人应该抵制任何先入为主的冲动。

法则4：机器人不得冒充人类。

法则5：机器人应始终有一个关闭按钮。

（摘自《读者》2019年第4期）

如何打败"机器人淘汰三原则"

胡　泳

数年前，我写过两句话。一句是"凡是能够数字化的一定会被数字化"，比如教室、诊室这些以前难以被数字化的地方，现在都越来越受到数字化的影响。第二句是"凡是能够智能化的一定会被智能化"，大量事物都可以装上芯片变得智能并且联网，比如智能手机、传感器、无人机、自动驾驶汽车等。今天我想加一句：第三波到来的将会是自动化，凡是能够自动化的一定会被自动化。

数字化是经济威胁，智能化是产业威胁，而自动化是个人威胁：机器人要来抢你的工作了！自动化永远比你更快、更廉价、更精准。机器按逻辑行事，而且随着技术的不断迭代更新，将更具生产效率。

人的体能是有限的。在提高生产力的平台上，人没有竞争优势。所以，不是人会不会被机器替代的问题，而是在哪些地方被替代，以及被替代的程度有多高的问题。

前两年，据某互联网企业员工爆料，该公司发布了内部邮件，要坚决淘汰以下三类人：不能拼搏的人，包括因身体或家庭原因不能拼或者拼不动的人；不能干的人，也就是绩效差的人；性价比低的人。简而言之，互联网公司不想要三类人：懒的、笨的、贵的，我将其戏称为"机器人淘汰三原则"。

我们可以把工作分为三类：跟数据打交道的、跟事物打交道的、跟人打交道的。你可以将它们理解为工作的三个要素，工作的本质越复杂，这三个要素就越缠绕，而工作的可替代性就越低，反之则会越高。

"数据"主要涉及的是数字。会计师、精算师、分析师和计算机科学家都跟数据打交道。由于数据的本质是数学，所以很容易被一个运算法则予以自动化。那些涉及低级运算的工作很容易被淘汰。反过来，那些利用数据创造内容的工作则会变得紧俏。

"事物"是指工作所涉及的对象是那些无生命的物体。木匠、飞行员和电工工作的对象就是事物。工作对象是事物的人可以通过把多种事物整合为一个有用的设备或者服务来为自己寻找生存机会。

"人"的工作，指工作的主要任务是与人互动。低级的互动，如银行出纳员或柜台收银员，很容易被淘汰；但需要高度人际互动的服务，像心理咨询师或辩护律师，就很难被自动化取代。那些能与顾客群建立紧密的感情纽带的人将是最不可能被机器人替换掉的。

分析三个要素的缠绕就会发现，在当下真正能立于不败之地的人是学会怎样利用数据来创造内容的人。比如编代码的计算机科学家就是这类人，因为他们能把原始数据诠释成为意义；再比如市场营销人员，如果他懂得怎样将消费者数据转化成销售策略，那他也不会被轻易替代。

（摘自《读者》2021年第12期）

郭襄的科研选择

徐 鑫

金庸小说中，"科二代"很多，但没有谁像郭襄一样得天独厚。

父亲是"北侠"，师祖是"北丐"和"江南七怪"，父亲的义兄是"中顽童"，母亲是丐帮帮主，外公是"东邪"，哥哥是"西狂"，嫂子是古墓派传人。她的另两个哥哥是"南帝"的传人，姐夫也是后来的丐帮帮主。她还得到过金轮法王的垂青。

所以，当郭襄想开始自己的科研课题的时候，拥有几乎无穷的选择。

事实上，郭襄对诸多武功也都有所涉猎。在少室山下，郭襄和无色禅师交锋，使用的十种武功出自黄药师、王重阳、杨过、周伯通等人，以及丐帮、少林派等门派。

郭襄在运用这些武功时，毫不拘泥，信手拈来，随心所欲。

宗师气象，已经初露端倪。

但是，郭襄后来用来开宗立派的，却不是自己依靠得天独厚的条件习得的那些武功。

郭襄后来创立的峨眉派武功分三个部分：峨眉九阳功、峨眉剑法、峨眉掌法。它们基本上是具有原创性的。

郭襄为什么会做出这样的选择呢？

郭襄的选择，最重要的一点是，《九阳真经》代表了第三次华山论剑之后最具潜力的武学方向。

从《天龙八部》直至《射雕英雄传》《神雕侠侣》，金庸武侠世界的主要矛盾，是日益增长的武功对抗需求和落后的内力增长方式之间的矛盾。

大理段氏就是个很好的例子。包括枯荣大师、段正明在内的一众大理高手，都无法练成六脉神剑，单单段誉练成了，为什么？主要是段誉通过北冥神功累积了绝世内力。

那么，有哪些增长内力的方式呢？在金庸塑造的武侠世界里，经典的、最具代表性的增长内力的武功秘籍，除了《易筋经》，就是《九阴真经》和《九阳真经》。其中《九阳真经》最合适，中正平和，研习者修炼后进境很快。

郭襄在得了二三成《九阳真经》后，放弃往昔所学，专修峨眉九阳功，并培养出风陵师太、孤鸿子、灭绝师太等人。

可以说，《九阳真经》解决了上文中提及的主要矛盾。郭襄做出这样的选择，就理所当然了。

在郭襄的选择中，如果说《九阳真经》代表了修炼内力的先进方向，那么"后发制人"的理念则代表了招数上的先进方向。

金庸武侠世界的另一个重大问题是，武功应该"先发制人"，还是"后发制人"。

张无忌在光明顶上对战少林寺"四大神僧"之末的空性，后发先至，折服空性；风清扬、令狐冲"无招胜有招"，同样是后发，在对方先发招之后，看到其破绽，再实现先至。

双方对战，都处于"薛定谔猫"的状态。一方先动，"薛定谔猫"的状态变成具体的状态，破绽暴露，另一方就可以采取相应的策略进行反击。

但"后发制人"的条件是，后发而先至。敌不动，我不动；敌微动，我已动。一味地强调后发是没有未来的。后发先至的前提是练武者有充沛的内力作为支撑。

在郭襄的选择中，武功匹配程度也是一个重要的参考因素。

同样是降龙十八掌，乔峰、洪七公性格豁达，降龙十八掌掌力刚猛；郭靖沉稳，降龙十八掌结合空明拳，刚柔相济，内力悠长，能连发十三道后劲。老顽童性格贪玩嗜武，就无法练成降龙十八掌和黯然销魂掌。

郭襄生性豁达，虽然在少室山下炫技，连使十种武功，但在开宗立派之后，武功简洁明快。

郭襄的聪明之处还在于，作为一个务实的人，她选择了先进的工具。

郭襄选择了武器，可以补女性气力弱的缺点。

郭襄还选择依靠根据地，建立门派。

少林寺传承千年，靠的是稳定的根据地和师承。王重阳的全真教也是如此。所以郭襄效法少林寺、全真教，开山立派。

郭襄的选择，还意味着她的武功由博转精。十八岁的郭襄，曾经十招用十种不同武功。四十岁以后，郭襄只留下峨眉内功、剑法、掌法，而且都简洁凝练。

在金庸的小说中，武功太博的，似乎都未达绝顶高手的层次。例如袁紫衣、杨逍、鸠摩智。老子说过："为学日益，为道日损。"

总结一下郭襄的科研选择。

第一，要选择并投资未来。"九阴"没落，"九阳"崛起，郭襄乘势而行。

杨振宁先生说过，"盛宴已过"，"研究生要选择未来五至十年大有可为的领域"。

第二，要领先，但不要太领先（后发而先至）。张锋、珍妮弗·道德纳都不是最先接触基因编辑技术CRISPR/Cas9的，只是相对较早，最终却取得杰出成就。

第三，要注意科研品位。郭襄平生慷慨，万里间关，武功也清爽干脆。

杨振宁先生说过，"科学研究，有自己的品位是非常重要的"。他还说："不只是大的科学问题需要品位，即便是一个研究生，发展自己的品位也很重要，他需要判断哪些观点、哪类问题、哪些研究方法是自己愿意花精力去做的。品位的形成受到很多因素的影响，与个人能力、家庭环境、早期教育、自身性格、运气都有关系。"

第四，要注重技术。郭襄逐渐依赖剑术，携倚天剑浪迹天涯。年轻的科研工作者需要掌握先进技术。

第五，要注意团队建设和学术传承。郭襄在峨眉山定居，开派授徒。学术也需要"传帮带"。

第六，要专一。郭襄就很专一，科研如是，做人亦如是。

很多人认为，在风陵渡遇见杨过以后，那个豪爽豁达的郭襄就死了。少室山下，远去的是一个孤单落寞的背影，郭襄的一生在那一刻定格。人们甚至以灭绝师太的形象想象郭襄。问题是，能创立峨眉派一门武功的郭襄，难道不会拥有一种别样的生活吗？

就像居里夫人。

"年纪渐老了，我愈会欣赏生活中的种种琐事，如栽花、种树，对诵诗和仰望星辰，也有一点儿兴趣。

　　"我一直沉醉于世界的优美之中，我所热爱的科学，也在不断拓展着它崭新的领域。我认定，科学本身就具有一种伟大的美。一位从事研究工作的科学家，不仅是一个技术人员，还是一个小孩子，在大自然的景色中，好像迷醉于神话故事一般。这种魅力，就是使我终身能够在实验室里埋头工作的主要因素。"

（摘自《读者》2021年第13期）

无用的特长

徐　昕

　　我有一项颇让自己得意的特长，就是认路。哪怕是从没去过的城市、从未住过的酒店，只要让我看一下地图，我就能准确无误地把车开到目的地。这个特长虽然不够资格上《最强大脑》，但也足够拿出来在朋友面前显摆一下了。

　　因为有这项特长，所以我自然是很抗拒使用导航仪的，总觉得那是为傻瓜设计的，像我这样的高手完全不需要。不过最近我的观点发生了一些变化，原因是去年我换了辆车，新车是自带导航仪的。快一年了，我都没把这项功能激活。直到有一天，我突然觉得，既然车价里包含了这笔费用，为什么要浪费呢？

　　然后我就偷偷地试了一下。这一试才发现，原来这么方便！它不仅可以指路，还能帮你分析路况，计算路上所需时间。从此以后我就再也不敢用它了，为什么呢？因为我觉得蛮可怕的——一直以来引以为豪的"特长"，就这么轻而易举地被机器给"秒杀"了。

除了认路的本领之外，我还有一项几近废弃的特长，那就是记公交站名。小时候，我报得出我住的那座城市里几乎所有的公交站名。不过我很早就发现这项特长没有什么意义了：一来如今城市公交的规模已是当年的数倍，线路也经常变化，那么多站名已经记不过来了；二来就算把这些站名倒背如流，也没有什么用处了。现在大家都用 App 了——你都不用知道站名，只要输入起始点和目的地，手机就会帮你找到最佳路线，还能告诉你最近一辆公交车几分钟后进站。

前不久，一个同事远赴拉脱维亚深造，因为工作的缘故，我们经常需要在微信上沟通。一天下午，聊着聊着，我说："你坐的18路有轨电车进站了吧？你先上车，我们回头再聊。"若是在10年前，同事肯定会特别惊讶："你是怎么知道的？你是间谍吗？你在偷偷跟踪我？"而现在，同事只会说："你下载了里加（拉脱维亚首都）公交的 APP？"

所以，有些特长如果真的已经失去了用武之地，最好的态度就是接受事实，甘拜下风。我有一个朋友说得好，在这个智能时代，经验也许是最没有用的东西，甚至会成为时代发展的绊脚石。当你发现你的经验已经跟不上时代了，最好的办法就是放弃它，给那些年轻人和新鲜的事物让路。

其实，不仅是一些特长没有了用武之地，我甚至觉得自己的饭碗都有可能随时被抢走。也许有一天，电脑可以根据读者的不同期待，提供多元化的译文：如果读者想要原汁原味的感觉，电脑就输出满篇的欧式长句；如果读者喜欢本土化一点，电脑就用方言来完成翻译……到了那个时候，作为翻译者的我们，就真的可以让路了。

（摘自《读者》2017年第4期）

高墙深院里的科学大腕

萨 苏

小熊是我的同学，他在学生中威望很高。他之所以能当"老大"，是因为他总能从家里拿出些好玩的东西来，引逗得一帮"狐朋狗友"跟着他转。比如，在1980年的时候，他就有了一套鹞式战斗机星球大战的电子游戏。

然而，也有不和谐音，那就是小熊的妈妈陈阿姨。她对小熊往家领同学没有意见，但看到这帮孩子在一起毫无"同学"的意思，整天跟"宇宙空间的神秘来客"较劲，脸就挂不住了。

每当出现被陈阿姨训的情况，小熊就会把熊老太太请出来。熊老太太扶着孙子，也不管周围有多少小孩子看着，举起拐杖对着陈阿姨就是一通数落，声音又急又脆。

每当这时候，陈阿姨就叹口气，什么也不说了。

那天，几个"狐朋狗友"照例又催促小熊组织聚会，小熊说没戏，老太太出门了。

新鲜，熊老太太那么老了，还出门？

"她是去参加一个我爷爷的纪念活动，严济慈来接她，她就去了。"

我那时候喜欢听新闻，对于科学界的几位泰斗，比如高士其、童第周之类的名字还算熟悉，虽然不知道严济慈是何方神圣，这名字可是听过好多次了。他亲自来请熊老夫人，那熊老夫人又是何许人也？

下一次去了，我就向熊老夫人打听："严济慈先生来请您开会啊？"

老太太挺平静，说："不是开会，是纪念小熊的爷爷，严济慈是老熊先生的学生。"

大概很少有人主动找老太太说话，老人家絮絮叨叨地说了良久。小熊却不再有耐心做翻译，老太太无可奈何地在小熊屁股上一拍，由他了。

老熊先生又是何许人也？没敢问。玩儿了半天，我才悄悄问小熊。小熊带我到老太太房间，只见那里挂了一张相片，相片中的老先生慈祥而又威严，一头整齐而花白的头发，下面的名字是：熊庆来。

熊庆来是谁？我觉得耳生得很。回家吃饭的时候，我随口问了一句："熊庆来是谁啊？"

"嗯？你问熊老干什么？"我爹本来正琢磨什么事出着神，听到这个问题一下子就被拉回现实世界了。

"我们有一个同学是熊……熊老的孙子，就我这些天老上他们家……学习的那个。"此时，我已经意识到熊老肯定不简单。要知道，在科学院混上"老"字可不容易，那是只有华罗庚之类的人才能享用的。

"哦，是吗？"我爹脸上一亮，如释重负的样子，说，"哎呀，熊老的孙子啊，没想到。"说完就介绍起来。我爹的毛病就是说话不看对象，讲了半天，我也就听明白了熊老是著名数学家，至于他研究的是什么，什么无穷极，就是杀了我，我也弄不明白。

我冒昧地问了一句："他和华老谁更厉害？"

数学家里我就知道华罗庚厉害，所以这样问。

"熊老是华老的老师啊。"

"哦？"这次轮到我吃惊了。

慢慢地，我才知道熊老的学生远远不止华罗庚一个。

熊庆来，中国科学院数学所研究员，1893年生于云南弥勒，1969年去世。曾留学比利时、法国，1933年获得法国国家理学博士学位。他在数学方面极有建树，同时专注于人才教育，主张"科学救国"，主持创办东南大学数学系和清华大学数学系。

熊老在中国数学界的威望之高，可用泰山北斗来形容，这不仅因为他自己的研究深度，更因为他的门下人才辈出。熊庆来以"伯乐"著称，其提携、培养的弟子，多成为中国数学界的一代脊梁。

熊老的弟子，除前面提到的严济慈、华罗庚以外，还有钱三强、钱伟长、赵九章、陈省身、彭桓武、赵忠尧、杨乐、张广厚等。

值得一提的是，虽然熊庆来的弟子众多，但这些弟子和他都不是简单的师生关系，在学习之外，都得到过他极大的帮助。比如华罗庚本是店员出身，没有熊老的支持，他根本不可能到大学读书；是熊老送严济慈去法国留学，并负担他的学费的。

熊老并不是富有的人，他资助严济慈纯粹是因为爱才。有一次，熊老实在没有钱了，便脱下身上的皮袍子送去典当，将得款汇给严济慈。工资到手后，熊老才又将皮袍子赎了回来。

严济慈果然不负众望，在法国以优异的成绩证明了自己的能力，成为中国现代物理研究奠基者之一。法国承认中国的大学文凭，就是从严济慈开始的。

我当时听得似懂非懂，但对熊老，从此在心里存了份敬意。

第二天再见小熊，忽然觉得这小子高大了许多，竟有些打闹不起来。后来忽然想到一个话题，就向小熊细问那天老夫人究竟说了些什么。

小熊想了想，说他奶奶讲了两件事情，都是和严济慈先生有关的。随口复述出来，竟然十分生动。

第一件事是严济慈每年都给熊家送来一袋小苹果，据说是1960年那次送苹果受到师母表扬以后养成的习惯。然而师母表扬是在三年困难时期的大背景下，并非师母嗜好小苹果。一番心意熊老夫人不好拒绝，而这样的苹果又实在不好吃，于是就把它们晒干。她喜欢做干花，将晒干的苹果和干花放在一起，用来做装饰，倒显得别有情调。

第二件事是熊老夫人提到，以前自己最担心熊老的脾气会影响到他和学生的关系。按说熊老对学生可谓"解衣衣之，推食食之"，对于这样的好老师，学生怎能不感恩图报呢？但是老夫人深知熊先生和学生们的关系还有另一面，那就是熊老对学生十分严厉，不留情面，即便严先生成名后依然一如往昔，往往让已经成名的弟子在熊家的客厅里惴惴不安。要说被揭了面子心生恼怒的时候也不是没有。时间久了，夫人不免在背后想，严先生他们对熊老是敬多一点，还是畏多一点呢？问熊老，熊老却微笑不语。1969年熊老去世，严济慈先生立即赶到中关村，不顾政治上的风险，在熊老灵前痛哭哀悼，老夫人才理解熊老对自己的学生，有着怎样的信任和了解。

熊老于1957年归国，当时已经半身不遂七年，因为身体原因不再担任领导职务，只专心做研究员。令人不可思议的是，他在这种身体条件下居然还自学了俄语，并达到能阅读原文文献的水平。

1982年，我和小熊一起考中学，小熊考了数学100分、语文91分的成绩，当时重点中学分数线为192分。好在小熊多才多艺，凭特长可以加分，不过，手续自然是繁杂的，陈阿姨跑得几乎断气。等消息的时候，又见到熊老夫人，老夫人皱着眉头说了一番话。

小熊"翻译"过来，大概的意思是，已经考了100分还不够好，不知道这学校要招多少分的学生。

在熊老夫人的眼里，只有数学是需要考试的，其他的，也许根本算不上是学问。

熊老夫人真名姜菊缘，与熊老同年同月生，但大熊老三天，在科学院诸夫人中很有名气，是贤妻的典范。1980年我见到她时她已经八十七岁高龄。熊老夫人和熊老三岁订婚，十六岁结婚。我爹的一位好友曾经写文纪念熊老，文中也提到过熊老夫人，内容如下："在共同生活的六十年中，夫人对他的工作十分理解，并大力协助。熊庆来三次赴法国，前后共十七年，家中全赖夫人独立支撑。"

这可谓十分中肯的评价了，可以用相濡以沫来形容这一对老人。熊老夫人没有受过高等教育，但是一生相夫教子，是熊先生的贤内助。年轻时候的熊老夫人，居然是一个薛宝钗式的人物，在大家庭中游刃有余，以她的阅历和一生对家庭的贡献，开口护护小熊，陈阿姨自然不敢冒犯。

有一件趣事，按当地风俗，成婚时新郎需要从新娘头顶跨过去以示威风，熊老却不肯从妻子头上跨过，坚持互行鞠躬礼。二人从此共同生活，一过就是六十年。熊老对家庭很有责任感，无论是做大学校长，还是兼任其他官职，始终"糟糠之妻不下堂"，对熊老夫人亲敬有加。他在清华大学担任系主任的时候，不时向校工订菊花放置在居所，就是因为夫人名字中带有"菊"字。而1950年熊老半身不遂以后，夫人则尽心尽力地照顾，使熊老得以继续工作了近二十年的时间。熊老经常半夜起来工作，夫人随时起来伺候，毫无怨言。

有一次，我曾试探着和熊老夫人交流，说到熊老晚年疾病缠身，熊老夫人用清晰的普通话喃喃道："当时（1969年）他已经恢复得蛮好了。"脸上忽现痛切之色。

我始终无法把这位看上去平凡的熊老夫人，和富有传奇色彩的姜菊缘女士联系到一起。

（摘自《读者》2018年第16期）

人类一直在"发低烧"吗

王　昱

人类的正常体温究竟是多少？如果你比较关注自己或家人的身体健康，就会本能地回答："37℃啊！"但最新的研究证明，这个常识可能是错误的。美国科学家的一项最新研究指出，自19世纪60年代以来，美国人的体温一直在下降，目前平均体温仅为36.6℃，而非37℃。这意味着，人类的正常平均体温可能需要重新定义。难道百年前的古人一直在"发低烧"吗？别笑，事实可能还真是如此。

平均每10年下降0.03℃

据美国《时代》周刊报道，美国斯坦福大学的研究者朱莉·帕森内特说，研究人体体温的医生几十年前就意识到平均体温37℃这一数字过高，"但他们一直认为这只是过去的测量误差，并非因为人体体温真的下降了"。

为弄清真相，帕森内特和她的团队综合分析了3个数据集。第一个数据集是取自包括了美国南北战争时期联邦军23710名退役军人在内的美国人的体温数据，测量于1860年至1940年间。另外两个数据集的时间跨度分别为1971年至1975年，以及2007年至2017年。研究团队总共分析了677423份体温数据。

结果显示，美国人的体温平均每10年下降0.03℃。19世纪初出生的男性，体温比现在男性的高了0.59℃；而女性的体温自19世纪90年代以来，已下降了0.32℃。这意味着，现在美国人的平均体温约为36.6℃，而不是人们普遍认为的37℃。

此外，研究还发现，不管哪一年的测量数据，老年人的平均体温都要高于同一年测量的年轻人的平均体温。

帕森内特说："最有可能的解释是，在微生物学意义上，我们与过去的人差别很大。由于出现了疫苗和抗生素，现代人较少感染病菌，所以，我们的免疫系统不像过去那么活跃，身体组织也不易发炎。"

虽然这项调查的对象只有美国人，但帕森内特指出，如果事实的确如此，那么在健康状况有所改善的其他国家，人体的体温应该也已经下降。人类体温的下降趋势会不会很快停止？她表示："人体体温存在一个极限值，体温不会降至0℃，但具体降到哪个值，我现在也不知道。"

人类体温标准为什么是37℃

人类的平均体温随着生活和医疗水平的进步在下降，原因则是我们的免疫系统不那么活跃。这种说法听起来有那么一点离经叛道的意思，但仔细探究一下，你会发现标准体温是37℃这个常识，其实也没你想象的那么可靠。

一个多世纪以来，37℃一直被用作人类健康的体温标准，但这个标准在不断受到质疑。

"摄氏度"这个概念是瑞典天文学家安德斯·摄尔修斯在1742年提出的，也就是说，在18世纪中叶以前，人类其实对"正常体温"没有什么概念，即便在之后很长一段时间里，医学界也认为人的体温存在较大的个体差异。直到19世纪中叶，德国医生卡尔·翁德里希打破传统观念，对2.5万名成年人的腋窝进行了数百万次的温度测量，并基于这些数据撰写了一篇影响深远的文章，提出37℃是人类的平均体温。自此，这一标准被当作金圭玉臬奉行了一个多世纪，37℃成了正常体温的"生理点"。但翁德里希医生提出的仅仅是一种现象，并没有解释为什么人类的体温需要恒定，以及为何恒定在37℃左右。

这其实是两个问题，对于人类以及其他恒温动物为何具有恒温能力，科学界已经有了两种主流的解释：一种认为大脑在恒温下运作得更好；另一种则认为这是某些动物从依赖水生环境彻底转向陆生环境的演变结果。这两种解释也许都是一些动物维持身体恒温的目的。动物维持比环境温度稍高的体温，有利于增强动物体内糖酵解的能力，以及促进酶的活性。

在生存竞争中，这意味着许多优势。如它可以提高动物的运动能力，使其更易捕捉猎物、保卫领地。但为何人类的体温要恒定在37℃呢？

研究发现，37℃其实是人类维持体内酶活性的一个"高限"，比这个温度稍稍升高几度，人体内的酶就会失活。但相反，温度有些许下降（比如在30℃～35℃）对这些酶的影响并不明显，甚至能让其更加高效。

我们的体温是被真菌"逼上梁山"的吗

既然维持越高的体温就要消耗越多的能量，那么，为何人类会出现更高的体温呢？对此，生物学家提出了一个很奇怪却比较被学界认可的答案：保持较高的体温很可能是为了抵御致命的真菌。

在近10亿年的时间里，真菌一直都是地球生命故事的主角之一，甚至多细胞动植物与它们相比都是后来者。而在多细胞动植物兴起后，真菌侵蚀了几乎所有物种：植物叶子上有真菌，根部有真菌；两栖类和爬行类动物携带着数以千计可感染疾病的真菌病原体；甲虫、蚂蚁和白蚁等昆虫都培养真菌。

然而，在生物界横行无阻的真菌，唯独在恒温动物这里遭遇了顽强抵抗。生物学家发现，入侵人体的真菌数量惊人得少。其中最常见的包括几种毛癣菌，可以引发足癣。还有肺囊虫，可以使人类免疫系统受损并引发肺炎。但在大多数情况下，肺囊虫只能温顺地生活在我们的肺里，只有在肺部温度下降（所谓的受"风寒"）时才出来作乱。

无独有偶，人类并非唯一不受真菌困扰的物种，绝大多数哺乳类动物和鸟类很少受到真菌的骚扰。尽管它们所接触的真菌种类超过4000种，但长在哺乳类动物身上的只有不到500种，并且大部分不会致病。对鸟类的研究同样显示，几乎没有什么真菌引发的鸟类疾病，而大多数鸟类的体温比哺乳类动物的更高。

而那些体温略低的少数哺乳动物，似乎都更易感染真菌。鸭嘴兽就是一例。它们体温略低，仅有32℃。同样的，在北美，冬眠蝙蝠也容易被真菌入侵，引发白鼻子综合征，导致发病死亡。而兔子身上虽然几乎没有病原真菌，其睾丸部分却易受到真菌袭击，因为这个部位仅有35℃，比它们身体的其他部位要低4℃～5℃。

这种研究为我们揭示了一幅新的自然界图景——恒温动物并不是自主选择了较高的体温，而是被真菌等病原体"逼上梁山"，不得不维持高体温，用这种升温的方法遏制无处不在的病原体入侵。事实上，并非我们所有的机体细胞都能适应这种高温，比如很多动物的精子在高体温下无法发育。因此，人类等动物雄性个体的睾丸才会探出体外装在阴囊里，成为争斗中很容易被攻击的一个弱点。

所以，人类采取"高体温策略"其实并非自愿。那么，在一个真菌等病原体较少、免疫机制不需要那般活跃的环境中，我们的体温是否会自主地降下来呢？美国学者这项最新的研究似乎也体现了这种趋势——在躲过了与我们缠斗数百万年的"宿命之敌"的骚扰后，一场全人类的"低烧"似乎也在退去。

（摘自《读者》2020年第7期）

把应有的戏份演好

张宗子

　　一件事，如果你自己看明白了，别人的议论就不会影响你。如果他人的议论给你造成了喜忧，甚至影响你的决定，让你迟疑不决，那就说明对于这件事你还不是完全明白。

　　几十年的生活经验教会我很多事，这是其中很重要的一点。孔子说"四十而不惑，五十知天命"，说的都是把事情看明白。可见他和我们一样，也是这么过来的。年轻的时候有过疑惑，有过不确定，即使三十而立了，在世上做人行事有原则，知道大方向，不犯根本性的错误，然而对于生命的意义、人的责任、努力与成败的关系，还是不能把握。《易经》教会了孔子变通的智慧，一方面，他坚持理想，承担责任；另一方面，就像孟子说的，有些事情，甚至是大部分事情，只能"尽心焉耳矣"。为什么？因为时势，因为客观条件，因为机遇，这些都不是个人所能够掌控的。

很小的事就能毁掉一个人的远大规划。比如说早逝，再比如身体多病，或者失明了。在乱世，在战争年代，人命不值钱，一些本来可以有更大建树的人，没能实现自己的抱负。哲学家王弼只活了二十三岁，诗人李贺活了二十六岁，夏完淳抗清被杀时才十六岁。魏晋易代之际，嵇康、何晏都不幸横死。弥尔顿双目失明，他的杰作《失乐园》靠他口述而由他人记录，才得以完成，这样的不幸中之大幸，千万人中不可得一。陈寅恪也一样。从这个意义上说，他们生活在还不错的时代。

宋朝江西派的几位大诗人，黄庭坚活了六十岁；二陈，陈与义和陈师道，都只活了四十九岁；曾几，像他的学生陆游一样，年寿甚高，活了八十一岁。这四位，我都很喜欢。文学成就和年岁关系不那么大，陈与义的成就比曾几大得多。但仅就个人而言，如果陈与义活到八十一岁，而曾几英年早逝，情形肯定和现在大不相同。有些人一辈子只在重复自己，那么，年岁的长短造成的区别，并没有多大；有些人不断进步和变化，那么，时间就太重要了。

人无从预料自己能走多远，如果清醒地看到自己的停滞甚至倒退，那是非常痛苦的。那就放下担子，像孩子一样自由地玩耍吧。

假如如科幻小说所设想的，存在一个平行时空，我希望曹丕多活二十年，王安石多活十年，我会看到一个不同的世界，不仅仅是多出一本书或几十首诗。

随着科学技术的进步，人与人越来越疏离，互相珍重成为奢侈的事。文化传承的本是一种人与人之间的亲密关系，就像生命的延续，但在今天，这样理解显得很荒唐，因为人们没有这样的意识，也没有这样的需求。

如此，就用得上古人的陈腐格言：庄敬自强。自己认为应当做的事，就做下去。

人对自己看得明白，有信心，是很不容易的事。人若想有所得，必须有忍受和坚持的准备。播下种子的人，未必可以看到种子长成树，开花，结果，但你知道这事是好的，那就去做。有些事是立竿见影的，有些则不是。但做了，你心安。人的一生，不过百年，回首去看，倏如驰马，尽到了责任后的心安，算是最好的回报。

穆旦（查良铮）先生在20世纪六七十年代，偷偷在纸片上写诗，家人担心，劝他不要再惹麻烦，他说："一个人到世界上来总要留下足迹。"他的夫人周与良回忆说，他最后留下的二十多首遗作，都是背着家人写下的，"在整理他的遗物时，孩子们找到一张小纸条，上面写着密密麻麻的小字，一些是已发表的诗的题目，另一些可能也是诗的题目，没有找到诗，也许没有写，也许写了又撕了，永远也找不到了。后来我家老保姆告诉我，在良铮去医院动手术前，那些天纸篓里常有撕碎的纸屑，孩子们也见到爸爸撕了好多稿纸。"人民文学出版社的《穆旦诗文集》里，收了一页《穆旦晚期诗作遗目》，说其中很多已经"佚失"。这是遗失的足迹。

多年前看歌德的自传，不怎么看得下去。现在想来，是专注于前瞻的缘故。现在学会了向后看，学会了倒退，这是我最值得庆幸的进步。五十岁对我是一个大转变，好多事情终于看明白了。其实以前也不是看不明白，只是不肯承认，还抱着侥幸心理，还胡乱怀着希望。希望当然是个好东西，人不能丧失希望。但关键是，不要期待和相信奇迹，希望必须建立在现实之上。有时候，人勉力向前，不免带有媚世或求实际利益的成分。认清了这一点，人就自由很多。时间之河向前，那么有时候，人的向前不过是顺流而下罢了。相反，人要向后看，向后退，便如逆水行舟，是需要勇气和力量的。

人生如戏，有人演过三幕就被赶下台，他抱怨说，我还没把五幕演完呢。奥勒留说，人生之戏，三幕于你已是完整的，你演几幕不是你能决定的。相对于安排你上场和下场的人，你什么都不是。所以，接受事实，把你的戏演好吧。

（摘自《读者》2021年第4期）

被凛冬改变着的世界

王　昱

"新仙女木"与农业革命

在研究人类文明起源的过程中，全球各主要文明之间有一些巧合，让考古学家感到惊讶。比如，包括美索不达米亚文明、古埃及文明、古印度文明、中华文明在内的大多数人类上古文明，其最初的起源地都在北纬30度附近的地区，而且考古发掘表明，这些文明的最早一批定居者，都是在距今1万年前后结束游牧生活的。基因溯源则显示，人类开始尝试驯化家畜、种植水稻，也大约是在同一时期。

也就是说，在距今约1万年前，原本迁徙不定的人类，突然有一部分"开窍"了，不约而同地在这一时期逐渐开始向农耕时代过渡。问题是，促使人类这样做的契机是什么？这个问题困扰了考古学家很久，直到最近才有个大概的推测——由于一次突如其来的寒潮侵袭。

仙女木是一种喜欢生活在高纬度寒冷地区的植物，在北极地区比较常见。然而，近年来，科学家发现，这种喜寒的植物曾经广泛地生长在世界各地。他们在欧洲大陆的沉积层中发现了仙女木，这层沉积的仙女木出现在距今约1.3万年前，而且时间跨度非常短，只有约1000年。科学家推测，在距今约1.29万年前，地球气温曾出现骤降，地质学家将之称为"新仙女木事件"。

那次气温骤降造成的影响十分巨大。首先，它可能是导致猛犸象、剑齿虎等一众古生物灭绝的"最后一根稻草"。其次，它可能也结束了我们祖先过着游猎、采集生活的"黄金时代"。

从南方古猿与黑猩猩"分家"算起，距今有500万至700万年，在这期间的大部分岁月里，各种古人类都过着采集与狩猎生活。一个地方的东西吃完了，他们就去另一个地方。这种付出较少劳动就能填饱肚子的生活，虽然无法创造文明，但对古人类来说也算过得滋润。从这个角度来看，人类似乎完全没有必要定居下来发展农耕文明。

但"新仙女木事件"一来，人类的活动方式被迫走上完全不同的道路。各种动植物纷纷死亡，人类不得不开始寻找那些以前不吃的植物，捕食一些小型动物。他们开始吃各种植物，并最终在这些植物中选择了小麦、水稻和黍，发现这些植株的种子可以吃。一些偶然的机会，他们发现把种子埋在地下会长出新的植株，于是他们就把更多种子埋在地下，渐渐地懂得了如何培育农作物。终于，他们学会了种植。

由于气候灾难性剧变，人类开始学着过苦日子，偶然的机会使他们抓到了几只野猪，不舍得一下子都吃完，剩余的被圈起来。慢慢地，他们发现饲养也是有好处的，于是东西方几乎同时开始了对野猪的驯化。

就这样，在距今1万年至8000年前，有一部分人类永久地改变了生活方式。他们定居在那个寒冷时代可以维持舒适生活的北纬30度地区，用尽心力培育这几种动植物，以确保自己的生存。为了应对"新仙女木事件"带来的挑战，他们开始了探索和进步的历程，逐步由四处迁徙过渡到半定居等待收获的农耕生活方式，发展了农业和畜牧业。农业的产生是人类历史上一次巨大的革命，这场革命被称为"农业革命"或"新石器革命"。

"小冰期"与工业革命

如果说由于史料不可考，"新仙女木事件"与农业革命的关系还仅仅是一种猜测，那么，工业革命与另一场极寒天气之间的关系则是确定的，这就是所谓的"小冰期"。

近代工业革命起源于英国，很大程度上缘于煤炭开采业。最早的蒸汽机不仅烧煤，还解决了煤矿抽水问题。尽管早在9世纪，英格兰就有修道士燃煤取暖的记录，但在17世纪前，大部分英国人对煤炭毫无兴趣。因为英国有足够广袤的林地，无论在有钱人家的壁炉，还是民间的冶铁作坊，木材都是最受宠的燃料。

但大约从15世纪初开始，全球气候进入一个寒冷期，这段时期被通称为"小冰期"。气候反常不仅造成农作物歉收和饥荒，也改变了很多文明的历史进程。处于较高纬度的英国，受"小冰期"的影响似乎更大。英国人不仅要忍受粮食歉收，还要为冬天的取暖发愁。英国的冬季格外寒冷和漫长，学者鲁道夫·吕贝尔特估计，这一时期伦敦2/3以上的木材供给都用作了取暖燃料。同时，奉行"海洋立国"战略的英国还需要足够的木材来制造军舰，以木炭为燃料进行冶铁等。

这些需求导致英国在17世纪出现了"木材危机"，自1500年至1630年，柴的价格涨了7倍，而同期物价只不过涨了3倍。于是，英国人被迫开始求助于一种原先看不上的木材替代品——煤炭。

由于存在较高的技术门槛，烧煤取暖原本被英国人讨厌。许多酒厂、面包房和上流家庭拒绝用煤，因为"煤把食品和酒的味道毁坏"了。

但1666年伦敦发生大规模火灾，上万栋木质房屋被烧毁，导致木材进一步紧缺。为了熬过严冬，英国人不得不开始全力开采煤炭以供取暖，英国政府也出台各种措施刺激煤矿开采。最终，这些因素促使英国完成了燃料从木材向煤炭的转型。1738年，一位游历英国的法国贵族发现，与欧洲大陆上煤炭还只是代用品不同，在英国，煤炭已逐渐取代木材和木炭，成为"英国制造业的灵魂"。

正是由于对煤炭的渴求，英国人不断向下挖矿，甚至不惜挖穿透水层。为了解决抽水问题，最初的蒸汽机被发明出来。从18世纪下半叶开始，蒸汽动力和设备开始应用于生产领域，工业革命终于发轫。正是煤炭方便运输、热效率更高的属性，使蒸汽机这种新设备得以被多数工厂和矿山用作动力源。美国历史学家杰里·本特利认为，"如果没有采煤的简易手段，当时的经济就不可能支持不断扩大的铁器制造和蒸汽机应用，而这两项产业在英国工业化进程中至关重要"。

气候在变暖还是变冷

2020年年末和2021年年初连续的寒潮好像让气候变暖的说法显得不再真实，但事实上，寒潮频繁出现，也是受气候变暖的影响。

　　研究表明，这个冬天，东亚等区域的气候异常寒冷，与2020年北极那个出奇炎热的夏天有关。2020年9月，北极海冰异常少，极地涡旋减弱、分裂，难以"固定"冷空气，涡旋偏向欧亚地区，欧亚中高纬度"西高东低"的经线方向环流和偏强的东亚冬季风自2020年12月以来一直持续，而这有利于冷空气南下。也就是说，由于气候变暖，原本在北极上空盘旋的极地涡旋变得越来越不稳定，在这个冬天频繁"出圈"影响到了我们。

　　由于温室效应，地球气候正经历新一轮变化，这个凛冬已让我们感受到了这一点。幸运的是，文明比我们想象中更加强韧。人类在历史上至少有两次因"凛冬已至"而感到困苦，但在挣扎和奋进之后，都开辟出一条新路。那么，气候变化是否会让我们经历第三次剧变呢？

（摘自《读者》2021年第7期）

地质学家的爱情

毛峥嵘

世人皆知李四光是著名地质学家，却鲜有人了解，他不仅事业有成，还有一个温馨美满的家庭。

好事多磨 终成眷属

李四光相貌高大英俊，性格温和，含蓄沉着，遇事冷静。由于钟情事业，婚姻问题迟迟未解决，直到1921年，经人介绍，与无锡才女许淑彬结识。

许淑彬出身名门，其父曾在驻英大使馆任职，20世纪初奉调回国任教育部秘书。许淑彬天资聪明又勤奋好学，英语、法语、音乐学得甚好，彼时是北京女子师范大学附属中学的英语教师。

他们相识后，双方互有好感，建立了恋爱关系，感情日益升华，但因李四光家境贫寒而遭到许淑彬哥哥的反对。所幸，许淑彬的母亲喜欢李四光。她认为，李四光为人朴实厚道，柔中有刚；许淑彬生性好强，刚中有柔，两人结合，是天造地设。

于是，老人家做通了儿子的工作，一对有情人终成眷属。

1923年1月14日，李四光与许淑彬在北京吉祥胡同的住所结婚。婚礼上名流云集，蔡元培为他们证婚。

矛盾迭起　和好情深

世上没有不冒烟的灶，人间难找不争吵的夫妻。李四光与许淑彬初结婚的一段时间，也发生过矛盾。

李四光事业心强，他认为自己已过而立之年，气旺力坚，正是大干事业的好时机，成家后，应把主要精力用在科研上。但他在埋头科研时，往往顾及不到家庭，年轻活泼的许淑彬难免感到孤寂和气恼。

一次，许淑彬约李四光星期天一起到颐和园去散散心。可是到了那天，李四光因急着修改一篇文稿到学校去了。许淑彬很气愤，独自抱着刚满一岁的女儿去了颐和园。后来，李四光虽然骑着自行车在颐和园门口赶上了她，并且一再道歉，但许淑彬一时心气难消，没有理他。这一天，夫妻俩都闷闷不乐。

李四光因研究地质科学，搬回家一些石头，而且一研究起来，就把妻子、孩子都忘了。有一天，许淑彬气不过，将一块石头拿去压了腌菜。夫妻俩为此发生争执，一连几天不说话。

有一段时间，李四光因赶写科研论文，每天深夜才回家。许淑彬怕他身体垮了，一再叮嘱他早些回家。一心扑在事业上的李四光就是做不到。有一天，许淑彬乘李四光未回，抱着孩子回了娘家。李四光深夜回到家，轻手轻脚地走到床边，哪知他伸手去摸被子时，摸到的是一块长石头，吓了一跳。

李四光冷静一想，妻子生这么大的气，问题出在"石头"上，家中出现的几次矛盾，自己确有一定的责任。第二天，他赶到许淑彬娘家，向她一再解释后，终于把妻女接回家。

自此，李四光对妻子的生活渐渐变得体贴、关心了。紧张工作之余，他会拉几首好听的小提琴协奏曲给妻子听，用音乐交流思想，加深感情。

相依为命　患难情真

1944年6月，李四光率领的地质研究所为躲避日寇，匆忙离开桂林向西迁徙。由于环境恶劣，天气炎热，卫生条件差，再加上饥饿、缺水，李四光在途中患上了痢疾，身体非常虚弱。许淑彬精心护理丈夫，李四光也强打精神以宽慰妻子。这对夫妻在逃难途中互相体贴、关照，度过了乱世中最困难的一段时光。

1944年年底，李四光夫妇随地质研究所流落到重庆，由于旅途劳累和生活太差，许淑彬也病倒了，家中的事情几乎都落在李四光的身上。他一边从事地质力学的研究，一边要照顾妻子，每天买菜、烧水、做饭、洗衣服，照顾妻子服药，事无巨细，样样都干得有条有理。

许淑彬见他十分劳累，又耽误许多科研时间，心里很难过。一天，许淑彬躺在床上对李四光说："你是不是向所里讲一下，叫他们派个人来帮帮。不然，你会累坏的。"

李四光的个性十分要强，不愿给单位和别人添麻烦。他对许淑彬说："请人来照顾，很难贴心，还是我多吃点苦吧。"

据李四光早年的一个弟子发表的文章介绍，李四光对妻子的爱护和照顾，不但情深义重，而且相当科学。文中说，许淑彬不太会控制自己的情绪，特别是见到老同学、老朋友，往往特别兴奋，话也特别多。李四光认为兴奋激动对身体有害，他在家里定了一条不成文的规定，许淑彬的客人来了，先由他在门口迎接或接待，然后转告妻子，这样就能避免妻子激动和兴奋了。

由于长期劳累过度，李四光的身子也终于支持不住，心脏病发作了。一家两个病人，困苦可想而知。这对病中的夫妇到此时才更深地感到：健康的身体是事业和家庭的幸福之本。他们在病中相互鼓励，相互照顾，相互研究战胜疾病的办法，争取早日康复。

为保证双方按时服药，许淑彬用的药，由李四光保管，李四光服的药，由许淑彬存放。这样，彻底改变了以往服药不规律和漏服的问题。为配合药物治疗，他们还独树一帜地创造了两种疗法：

其一，音乐治疗。他们俩一个是小提琴高手，一个钢琴弹得非常出色，丈夫为妻子拉琴，妻子为丈夫演奏，两人娱乐起来，似乎病痛全无。

其二，钟情事业。李四光认为，去掉杂念也是一种较好的精神疗法。在治病期间，他时常拄着拐杖，带着罗盘出外散步，碰上值得测量、研究的裂隙和地层露头，他就蹲在地上仔细察看、分析，心思都集中在心爱的事业上。

他们的病很快有了好转。

飞鸟归林　相濡以沫

1945年，第15届国际地质学会要在伦敦举行。为参加这次学术盛会，李四光带妻子一同前往。4月初，他们从香港搭上一艘挪威货轮，航行两月余抵达法国马赛，再坐火车经巴黎到了伦敦。这一去就是4年。

1949年中华人民共和国成立，远在英国的李四光听到这一消息，激动得彻夜难眠，他决定回国参加新中国的建设。

这时，他得到消息，台湾当局正在设法阻挠他回国。他们要让他在英国发表一个公开声明，拒绝接受中共的职务，不然就要扣留他。

李四光把此事告诉了妻子。许淑彬毅然建议，让李四光先走，她留下处理伦敦家中的事情。李四光答应了。临别时，他紧紧握着妻子的手说："我走了，你要时刻提高警惕。我在法国找到固定的住地后，马上给你来信，我在那里等你。"许淑彬含泪点头道："我记住了。"

半个月后，许淑彬终于盼到了丈夫的信，她将家中的事务处理完毕，立即赶去与丈夫相会。几天后，这对历经风险的夫妇终于在法国相会。不久，他们一起踏上了回国的归途。

1966年，河北邢台地区发生强烈地震，正在病中的李四光非常想到灾区看看，并开展地震预报方面的科研工作。许淑彬说："你的病这么重，走了恐怕回不来。"李四光说："我理解你的心情，但你也要理解我。你过去不是经常讲，要全力支持我的事业吗？"

许叔彬只好答应了。李四光高兴地说："这才是真正的关心和爱护我。"

李四光赴灾区考察临行时，许淑彬为他预备了一暖瓶面条。李四光说："知我者，妻也。"

次日，李四光回到北京，许淑彬又赶去车站接他。李四光问她："我只出去一天，你为何要来接呢？"许淑彬说："我担心你的病。"

据贺思水的文章《从李四光小道想起的》，李四光在生命的最后时刻，只想着两件事：一件是地震预报未攻克；另一件是放心不下与他相伴几十年的妻子许淑彬。可见他们感情之深。

1971年4月29日，李四光与世长辞，许淑彬痛苦至极。李四光不在，她的精神崩溃了，生活也感到索然无味。由于对李四光的过度思念，她终于病倒了。1973年，许淑彬去世。

（摘自《读者》2014年第3期）

创造的脚手架

万维钢

有一种可操作又比较高级的创新方法，被创新者在各个领域大量使用，而且外行一般看不出来。这个方法的特点是直接借鉴同行作品——但是不直接使用。

举个例子，我们小时候读《西游记》，总觉得这些故事实在匪夷所思，真不知道吴承恩是怎么想出来的！

现代学者认为《西游记》并不是吴承恩一个人的作品，不过这不是重点。重点在于，《西游记》里的很多故事并不是作者一拍脑袋想出来的，而能在《禹鼎志》《玄怪录》《酉阳杂俎》等传奇笔记小说中找到素材原型。

魏风华在《唐朝的黑夜》一书中提到，比如，孙悟空在车迟国跟虎力大仙斗法，头被砍下来也没事的情节，就取材于《酉阳杂俎》中一个印度僧人"难陀"的故事。而斗法本身，也可能来自书中唐朝道士罗公远和密宗大师不空和尚在唐玄宗面前斗法的故事。

《酉阳杂俎》里甚至还有一个关于蜘蛛精的故事。说有个叫苏湛的人，被蜘蛛精迷惑，妻子和仆人去救他的时候，发现有只巨大的黑蜘蛛用蛛丝把他给绑起来了，仆人就用利刃割断了蜘蛛丝……这不就是《西游记》里盘丝洞的故事吗？

其实吴承恩自己也承认这一点，他在《禹鼎志序》一文中说："余幼年即好奇闻。在童子社学时，每偷市野言稗史……"果然从小就爱读野史和奇闻。

所以像《西游记》这样博大精深的传世之作，绝不是一两个作家坐在家里玩头脑风暴就能写出来的。吴承恩通读了各种传奇笔记，融合了佛教和道教的哲学，映射了官场政治，把这些综合在一起，才构建出一个庞大的神话体系。我怀疑他的写作方法是先布局好这个体系，再安排大闹天宫和取经故事。

《哈利·波特》《指环王》《冰与火之歌》，其实也都是这样的。作家深入研究了历史上真实的战争和宫廷政治，把这些东西和传统神话糅合在一起，换成别的时间、地点、人物，甚至人种，新故事的素材就出来了。

所以创造的基本技术是"借鉴"。

1994年，乔布斯在接受《连线》杂志采访时，谈到了他对创造的理解："创造就是把东西连接起来。如果你问有创造力的人是怎么做出东西来的，他们会有一点负罪感，因为他们并没有真正'做'东西，他们只是能'看到'东西。观察一段时间之后怎么做就会变得非常明显。这是因为他们能把自己的经验和新东西综合起来。"

在这篇访谈里，乔布斯讲了他对苹果电脑市场定位的设计思想，其实也是借鉴的结果。我们知道苹果电脑比基于 Windows 操作系统的个人电脑要贵得多，而计算性能也没有顶级配置的个人电脑快，但是它的外观设计和用户体验特别好。这种在价格、速度和用户体验之间的权衡选择，其实是某个洗衣机品牌教给乔布斯的。

乔布斯一家曾经花了很长时间做市场调研，想买台好洗衣机。他们发现欧洲货比美国货要贵得多，而且洗衣耗时更长——但欧洲洗衣机的优点是用水少、洗后衣物更松软、洗涤剂残留少。换句话说，欧洲洗衣机对美国洗衣机，就是苹果电脑对个人电脑。乔布斯从欧洲洗衣机悟出的道理是用户体验比价格和速度更重要，而他悟出这个道理是跟家人连续两周在晚餐餐桌上讨论欧洲洗衣机的结果。

苹果还有很多高级的借鉴。有人考证苹果设计总监乔纳森·艾维借鉴过罗马尼亚雕塑家的作品，从糖果厂获得过灵感，还曾经为了获得设计轻薄型笔记本电脑的灵感向一位日本铸剑大师学习。

创造是想法的连接，某些创造是同类想法的直接连接。那为什么我们总觉得有些好想法是横空出世的呢？这是因为高明的发明人会故意不给别人留下线索。

最后说一个数学家高斯的典故。高斯是公认的天才数学家，是祖师爷级别的人物。他做出了很多令人难以置信的工作，别的数学家能看懂他的证明，但是完全想不出高斯是怎样想到那些证明的。比如，数学家阿贝尔就曾经抱怨，说高斯"就好像走过沙子的狐狸，用尾巴抹去自己所有的脚印"。

高斯对此的回答是："一个有自尊的建筑师不会在盖好的房子里留下脚手架。"如果我们能看到每一个发明背后的脚手架，也许这些发明就不会显得那么神奇了吧。

（摘自《读者》2021年第9期）

人们无法想象没见过的东西

管文明

　　如果我们回头看爱迪生或者任何一个人的预测就会发现，哪怕他们预测到了未来的大概方向或者未来某种产品的大致形态，也并不能对其在细节上进行精确描述，甚至如果深究细节的话，会发现他们做出所谓"正确"预测的东西和今天实际的东西相比，可能根本就不是一种东西。这就涉及一个无法回避的问题：人类根本就无法想象没见过的东西！人类对未来事物的所有预测都是基于已经出现的科学技术或者已经出现的事物，哪怕再天马行空的想象，也无法脱离既有的事物和理论基础。

　　关于这种说法，我们可以回顾一下自己看过的科幻电影，里面的外星人是不是都很像人类？即便不像人类，也总能在地球生物中找到他们的影子，比如螃蟹、八爪鱼、蟑螂等。虽然披着科幻的外衣，但人们对外星人形象的想象和中国人对龙的想象没有太大区别，都是对人们看到过的形象进行变形、组装。

很多人都对未来的书籍形式做过预测，但现在看来，几乎没有人预测准确。爱迪生曾认为，未来的书本由镍制成。在爱迪生看来，与纸相比，镍将使书更加便宜，书页更加结实、柔软。后来又有人认为微缩胶卷会是存储海量文字的绝佳载体，可直到大容量磁盘和便携式阅读器出现之前，几乎没有人认为未来的书会存储在磁盘上，人们会用液晶屏或者电子墨水屏阅读。

19世纪时，还有人认为，21世纪的学校老师都不用教书了，只需要把书全部丢到一台机器里面，学生戴上耳机就可以听到所有教材的内容。现在看来，这种想法和用电脑学习十分相似。

19世纪的人根本无法想象计算机和网络世界是什么样，因此，当时的很多科幻作品在今天看来有着十足的"蒸汽朋克感"——可能有各种能上天入地的自动机器，可其动力都来自蒸汽机，没有基于计算机的人工智能和互联网。

让百年之前的人们准确预测现代生活有些勉为其难了，把时间缩短到10年呢？比尔·盖茨之前也没有预见到现在移动互联网可以如此深刻地改变人们的生活和思维方式。

对未来的预测一方面容易"预测不到"，另一方面也容易"预测过头"。19世纪时，有人认为21世纪的消防员可以飞在天上灭火，可21世纪已经过去快20年了，我们并没有见到漫天飞翔的消防员。爱迪生也曾经认为，20世纪中叶以后，各种金属家具会取代木质家具成为主流。可事实上，金属家具从来就没能成为主流，而木材仍然是制作家具的主流，甚至在可预见的很长一段时间内，木质家具仍将是主流。

我们往往会因为科技的飞速发展而产生一种错觉，似乎我们马上就可以进入科幻小说所描写的未来世界。可现实是，可控核聚变到现在为止仍然没有任何可以商用的迹象，能源问题仍然是制约人类发展的重大障碍，传统计算机技术已经遇到了瓶颈，人类仍然无法到达火星，人类寿命仍然没有大幅度延长，癌症仍然没有被攻克……

　　我们知道，世界上有无数优秀的人才在努力解决这些困扰人类发展的难题，但我们不知道那些难题什么时候才能被解决。如果让我们预言100年之后的人类社会，我们也只能像19世纪的人那样胡乱猜测，甚至对10年之后的世界，我们也无法做出准确预测。

（摘自《读者》2017年第6期）

"驯服"炸药的人

田 亮

8年前，2013年1月，郑哲敏获得国家最高科技奖时，有记者问他："下一步有什么打算？"他开玩笑说："我已经做好随时走人的打算了。"如今，他真的走了。

2021年8月25日，中国科学院院士、中国工程院院士、国家最高科学技术奖获得者、中国科学院力学研究所研究员郑哲敏与世长辞，享年97岁。

郑哲敏是我国爆炸力学的奠基人。提起爆炸，人们往往想到它的威力和破坏性，郑哲敏却用简洁优雅的数学语言概括出爆炸的规律。钱学森欣喜地将这个新学科命名为"爆炸力学"，郑哲敏则被人们称为"驯服"炸药的人。

好好念书，学点本事

郑哲敏的父亲郑章斐出生在浙江宁波的农村，家境贫寒，读过一点书。15岁时，郑章斐去了上海，在一家钟表店里当学徒，边学手艺，边学会计和英语。4年后，郑章斐已是著名钟表品牌亨得利的合伙人，还成了家。之后，他携家人到山东，在济南、青岛开办了亨得利分号。

这名成功的商人不吸烟、不喝酒、不娶小老婆，结交的朋友也多是医生和大学教授。良好的家庭环境为郑哲敏与家中兄妹的成长打下了基础。

1924年10月2日，郑哲敏出生于济南。儿时的郑哲敏很调皮。1931年"九一八事变"后，济南的大街上有很多人游行，抗议日本侵略中国。看到这一幕后，郑哲敏也带着弟弟妹妹举着旗在自家院子里游行，还恶作剧地围着父亲钟表店里的一位师傅转圈，并把一盆水倒在了那位师傅的床上。父亲得知后大怒，用绳子把郑哲敏捆了起来——父亲是在告诉他：自家店里的工人不可以随便欺负。随后，父亲与他进行了一次长谈："商人是最被人看不起的，所以你长大了不要经商，要好好念书，学点本事。"望着新盖的很气派的门店，郑哲敏暗下决心："无论将来做什么，都要像父亲一样做到最好。"

1937年，郑章斐到了成都，在春熙路开了家钟表店。第二年春节过后，叔叔带着郑维敏、郑哲敏兄弟俩来到成都。尽管是大后方，日本的飞机仍不时来轰炸。有一次，老师问郑哲敏以后想干什么，他答："一个是当飞行员打日本人，一个是当工程师工业救国。"

师从钱伟长和钱学森

1943年，郑哲敏以优异的成绩考入西南联大。之所以选择这所大学，是因为哥哥郑维敏前一年考上了这所大学。"他是我崇拜的人，他学什么我学什么。到了第二年，我哥哥说，咱们兄弟俩别学一样的。所以我就改专业了，从电机系改到了机械系。"郑哲敏说。

郑维敏后来也成为我国著名的科学家，是清华大学工业自动化专业和系统工程专业的创办者。

当年到昆明报到时，郑哲敏是坐着飞机去的，有这种经济实力的学生并不多见。可学校是另一番景象：校长梅贻琦和很多教授都穿得破破烂烂，学生们在茅草房里上课。但老师认真授课以及活跃自由的学术氛围，给郑哲敏留下了深刻印象。

抗战胜利后，1946年，组成西南联大的北京大学、清华大学、南开大学迁回原址，郑哲敏所在的工学院回到北京清华园。这一年，钱伟长从美国归来，在清华大学教近代力学，郑哲敏成了他的第一批学生。"钱先生的课很吸引我们，他是我的启蒙老师。"郑哲敏说。在钱伟长的影响下，郑哲敏将研究方向转向了力学，毕业后还给钱伟长做起了助教。

1948年，国际扶轮社向中国提供出国留学奖学金，全国只有一个名额，郑哲敏获得清华大学校长梅贻琦、教授钱伟长以及清华大学教务长、英语系主任、机械系主任等多人推荐。钱伟长在推荐信中写道："郑哲敏是几个班里我最好的学生之一。他不仅天资聪颖、思路开阔、富于创新，而且工作努力，尽职尽责。他已接受了工程科学领域的实际和理论训练。给他几年更高层次的深造，他将成为应用科学领域出色的科学工作者。"获得奖学金名额后，郑哲敏选择了美国加州理工学院，钱伟长也是从这所学校走出来的。

仅用一年时间，郑哲敏就获得了硕士学位，1952年，他又获得应用力学与数学博士学位，而导师正是长他13岁的钱学森。与他一同就读于加州理工学院的同学吴耀祖说，数学课上有比较难的题时，郑哲敏总被老师请上台讲解。吴耀祖开玩笑说："别人做不出来，郑哲敏总是能做出来，难道是因为他的名字中有'哲'有'敏'？"

在临近博士毕业时，郑哲敏第一次独立完成了一项科研。美国哥伦比亚河上有个水库，名叫罗斯福湖，湖两侧是高出水面100多米的高原。美国人想用水库的水浇灌高原上的土地，为此架起了12根直径近4米的水管，但建好后，水管震动非常强烈，根本不能运行。工程方找到加州理工学院的一位教授，听完情况介绍后，教授问身边的郑哲敏："你能不能看看这是怎么回事？"郑哲敏点头答应了。经过计算，他给出了解决办法——消除水管和水泵的共振。此后几十年，这些巨大的输水管持续正常运行。

获得博士学位后不久，郑哲敏陷入困顿。美国移民局不仅扣下他的护照，还以"非法居留"的罪名把他关起来。幸亏好友冯元桢（著名生物工程学家）花1000美元把他保释出来。

（摘自《读者》2021年第20期）

一个人的科学修养

冯 唐

1993年到1998年，我住在基础所医学研究所六楼，五楼是女生宿舍，七楼是教室。每次下了电梯往宿舍走，都会路过病理生理实验室，都会闻见老鼠饲料的味道，这种味道是如此根深蒂固，20年过去了，如果晚饭没吃饱，如果夜熬得太久，我勉强入睡，还是会在梦中反复闻到老鼠饲料的味道。

那时候饥饿缠身，最常问自己的问题是：我为什么而活着？翻遍图书馆，找到英国人罗素的一篇文章：《我为什么而活着》。

罗素说，因为三个原因："对爱情的渴望，对知识的追求，对人类苦难不可遏制的同情心，这三种纯洁但无比强烈的激情支配着我的一生。这三种激情就像飓风，在深深的苦海上，肆意地把我吹来吹去，吹到濒临绝望的边缘。"

在基础所和协和医院晃荡，我后来习惯了饥饿，有了疑似的爱情和肉体的高潮，反复目睹生老病死的轮回之苦，也体会到了在物欲横流的都市最物欲横流的市中心青灯黄卷、埋头读书的快乐。我最常问自己的问题是：什么是科学？什么是研究？科学研究要遵从的最基本的方法论是什么？那时候中国开始有了互联网，我找到了一篇爱因斯坦在他38岁时祝贺普朗克60岁寿诞的讲话，引用其中两段：

> 首先我同意叔本华所说的，把人们引向艺术和科学的最强烈的动机之一，是要逃避日常生活中令人厌恶的粗俗和使人绝望的沉闷，是要摆脱人们自己反复无常的欲望的桎梏。一个有修养的人总是渴望逃避个人生活而进入客观知觉和思维的世界；这种愿望好比城市里的人渴望逃避喧嚣拥挤的环境，而到高山上去享受幽静的生活，在那里，透过清寂而纯洁的空气，可以自由地眺望，陶醉于那似乎是为永恒而设计的宁静景色。

> 除了这种消极的动机，还有一种积极的动机。人们总想以最适当的方式画出一幅简化的和易领悟的世界图像，于是他就试图用他的这种世界体系来代替经验的世界，并征服它。这就是画家、诗人、思辨哲学家和自然科学家所做的，他们都按自己的方式去做。各人把世界体系及其构成作为他的感情生活的支点，以便由此找到他在个人经验的狭小范围里所不能找到的宁静和安定。

1998年，在我临床医学博士毕业前夕，我写完了我的博士论文《表皮生长因子和受体与 c-myc 基因在卵巢上皮癌中的表达及其与癌细胞凋亡的关系》。毕业前夕，我以第一作者的身份将它发表在《中华医学》杂志上。

2000年，我读完 MBA，第一份工作是在一个叫麦肯锡的咨询公司。

那是一个只从最好的商学院招最好的毕业生的公司，那是一两年淘汰一半以上新员工的公司，那是一个一周工作90个小时的公司。我乐在其中地工作了9年。

麦肯锡最重要的方法论，一言以蔽之：以假设为前提、以事实为基础、以逻辑为驱动的真知灼见。这个方法论，本质上其实就是我在基础所学会的科学研究的方法论。

于是，在今天，对于科学，我作为一个小白鼠的总结是：

第一，有效。罗素有他有道理的地方，爱因斯坦有他有道理的地方，医科院基础所给我的科学修养救了我：面对商业上的未知和人类肉身的未知，科学的方法论一样适用，智慧和慈悲不仅不过时，还是我们力量的源泉和快乐之根本，即使在今天。

第二，求真。哪怕刀架在脖子上，真理也不能屈服。商业管理的底线是不能做假账，科学研究的底线是不能做假数据。面对误导造成的巨大罪孽，个人因为造假得逞而获得的荣耀将如地沟油一样短暂而油腻。

第三，坚守。不要怕黑暗，不要怕穷困。我们最快乐的时光是坐在路边喝啤酒的时光，我们最幸福的时光是救人于病痛的时光，我们最满足的成就是发现前人尚未发现的幽微的光芒。

（摘自《读者》2019年第5期）

如果爱因斯坦见到黑洞照片

刘姝钰

最新发布的黑洞之影照片，是对爱因斯坦广义相对论的验证。如果爱因斯坦看到这张照片，是不是会发笑？

1915年，爱因斯坦凭借他卓越的物理天分，提出广义相对论，颠覆了人们一直以来的经验和认知。根据广义相对论，曾经被认为只是居住在广袤时空中的宇宙万物，一下子翻身做了时空的建造者。

在广义相对论问世时，因其天马行空的时空观，许多科学家不敢相信。但100年来，随着科学的发展，人们通过广义相对论推演出的很多重要预言都逐一得到证实。最近一次，就是黑洞照片的问世。

百年前的广义相对论，至今"前卫"

引起世界狂欢的黑洞之影，与广义相对论之间有着怎样的渊源？

其实，科学家对黑洞的猜想早在几百年前就已经初露端倪。我们现在已经知道，黑洞是由质量足够大的恒星在可以进行核聚变反应的燃料耗尽后，发生引力塌缩而形成的。黑洞的大质量决定了它超强的引力场，强到连传播速度极快的光子也无法逃逸。

所有的天体都有一个所谓的逃逸速度，只有当物体的初速度达到天体逃逸速度时，物体才能摆脱天体的引力束缚而飞出该天体。地球的逃逸速度即第二宇宙速度，为11.2千米/秒。光的速度虽然达到了30万千米/秒，却依然无法逃离黑洞巨大的引力。

1687年，牛顿发表了他的巨著《自然哲学的数学原理》，并研究了逃逸速度。但可惜的是，由于种种计算问题，牛顿最终没能将他的引力方程延伸至大质量恒星上。

到1783年，英国天文学家约翰·米歇尔第一个想到：可以存在比太阳质量更大的恒星，其逃逸速度甚至超过光速，连光都无法逃逸出去。因此，从外部看，这颗恒星将是全黑的。他把这种巨大的天体称为"黑星"。

但在那个时代，要想在太空中找到这样一颗根本看不见的天体是不可能的，有关"黑星"的想法就这样被搁置了一个多世纪。直到20世纪早期，爱因斯坦创造了两种伟大的理论——狭义相对论和广义相对论。狭义相对论描述了一种全新的时空观，即物体的运动速度会影响物体的质量、空间，甚至时间。而广义相对论，则是对曾经的万有引力理论的修正。

根据牛顿所提出的万有引力理论，我们知道一切事物之间都有引力。物体质量越大，引力越大，比如，苹果掉在地上就是受了地球引力的作用。

广义相对论则认为，任何有质量的物体都会导致"时空"的弯曲，因此，当物体向一个大质量的物体靠近时，将会沿着弯曲的路径前进，这种现象就是"引力"。

以苹果为例，苹果掉在地上并不能单纯认为是受到地球引力，而是因为地球弯曲了周围的时空，苹果沿着这一时空运动时掉了下来。我们可以借美国物理学家惠勒之言，概括广义相对论的精髓：时空决定物质如何运动，物质决定时空如何弯曲。

这个结论看上去非常荒谬，但事实是，同步卫星上的时钟比地球上的时间每天要快38微秒。因为在那个距离地球较远的位置上，卫星所受到的地球弯曲时空的影响较小，时间过得较慢。

走出"鱼缸"，从看到黑洞开始

广义相对论的另一个结论是，光也受引力影响，也将沿着一个弯曲的路线走。当然，并不能说牛顿的万有引力理论就是错的，它是一种"近似"，在我们日常范畴，牛顿力学已经足够。

不同于万有引力理论的简单方程式，爱因斯坦的理论要用一系列复杂的被称为"场方程"的方程式来解释。1916年，德国物理学家卡尔·史瓦西就是根据这套复杂的场方程发现了关于大质量恒星的精确解，"黑星"问题重新浮出水面。

依据场方程，一个密度极其大的天体在宇宙空间创造了一个区域，在这个区域中，包括光也受到天体引力的影响，无法逃逸。史瓦西甚至根据场方程，进一步计算了这个天体的半径。

曾经，这一切被认为纯粹只是一个数学结果。但随着天体物理学的进步，我们对恒星的生命周期有了进一步了解，一些凋亡的恒星最终可能会变成另一种奇异天体的现象或许真的会发生。现在我们已经知道，这就是黑洞。1967年，惠勒第一次提出"黑洞"一词，在当时还只是指一种只在理论上存在的、极端致密和令时空无限弯曲的天体。52年之后，人类终于为黑洞拍下了第一张真正的照片。

面对这样一个黑透了的物体，科学家们是如何通过"曲线救国"看到它的面目的？那就要得益于吸积盘与喷流这两种现象了。二者皆因黑洞在吞噬万物时，气体摩擦而产生明亮的光与大量辐射。因此，对黑洞的观测结果除了说明广义相对论的又一个预言被证实，也将帮助我们回答星系中的壮观喷流是如何产生并影响星系演化的。

根据爱因斯坦的场方程，当我们知道了黑洞的质量，就能算出它的半径。为了纪念卡尔·史瓦西，这个黑洞的半径被称为"史瓦西半径"，包括光在内的任何物质都无法从史瓦西半径中逃出。而黑洞的表面积被称为"视界"，因为一旦有东西越过了视界，那么它就永远消失了，或者说，被隐匿到宇宙的另一部分中。

有了这张黑洞照片，天文学家接下来将会从中推断更多M87星系黑洞的数据，包括它到底有多重，角动量是多少，周围的尘埃与气体是一种什么样的状态。天文学家将计算的数据与之前通过其他手段间接推测的结果进行比对，科学的认知才能获得不断进步。

现在，让我们回到那一颗"苹果"。它掉落下来，是因为牛顿提出的万有引力，还是因为广义相对论创造的时空扭曲，对于"我"而言又有什么区别，"我"究竟是为了什么在纠结？

从现实世界来说，我们每个人手中握着的带有 GPS 卫星定位系统的电子设备，其实就是受益于广义相对论。

未来，如果有一天虫洞旅行、光速飞船变成现实，人们就不会再问相对论、量子论以及探索宇宙有什么用。

几年前，意大利蒙扎市议会通过了一项法案，禁止宠物的主人把金鱼养在圆形的鱼缸里。提案者解释，因为圆形鱼缸的弯曲面，会让金鱼眼中的"现实"世界变得扭曲，这对金鱼而言太残忍。

这个提案看上去很荒唐，对吗？

在这背后，却有一个哲学和物理学迷思：金鱼看见的世界与我们看见的不同，我们何以知道我们看到的就是一个"不扭曲"的世界？

我们所感知到的"现实"就一定是真实的吗？

以上，就是斯蒂芬·霍金在著作《大设计》中提出的"金鱼缸论证"。

探究黑洞，是因为我们并不甘心透过"鱼缸"看世界。

（摘自《读者》2019年第13期）

当数学遇到音乐

李近朱

最近，听到一首以"圆周率"数字为乐谱的钢琴曲，虽奇特，却优美。早在公元5世纪，中国南北朝时期的数学家祖冲之率先计算出"圆周率"小数点后7位的 π 值。纵观数学史，从公元前20世纪计算出点后一位数，到公元20世纪，计算到点后亿万位数。"圆周率"神奇无限，也让艺术家们着迷。于是，才有了将若干位数演化为音符的奇想。

当数学遇到音乐，会怎样？最直观的是，作为记录音乐的乐谱就以数字为基础：五线谱以高低音符构筑，犹似数字的级进；简谱所用的阿拉伯数字，从1到7，更体现出音乐在数字上的奇妙构成。

"圆周率"的琴声未绝，眼前又浮现出古希腊数学家、哲学家毕达哥拉斯的身影。他认为，"万物皆数""数是万物的本质"。他将其黄金分割公式置于"万物"之中，并有一个音乐化的表述：太阳、月亮、星辰的轨道，与地球的距离之比，分别等于三种协和的音程，即八度音、五度音、四度音。更进一步，他以声学的物理方式在一条弦上拨一个音，再在两条弦上拨响它的第五度和第八度音。结论是：三条弦的长度之比为6：4：3。通过数学和物理现象之间的联系，毕达哥拉斯认为：音程的和谐与宇宙星际的秩序相对应，音乐亦在"万物皆数"的范畴中。这位数学家对琴弦长度与协和音程关系的演算，为后来音乐的"五度相生律"奠定了基础。

17世纪，在西方巴洛克时期，巴赫的名作《十二平均律钢琴曲集》运用了一个新的音律。这个音律，解析了自然存在的半音关系。从物理学上看，以频率标注的音高，每升高一个八度，频率翻番。比如1975年最终确认的国际标准音A，其震动为440Hz，升高一个八度就是880Hz。然后，从数学上看，将八度音程等分12份，于是，就有了半音。再做计算，相邻半音的频率比为：2的1/12次方。这就出现了音乐上的"十二平均律"。

这些计算，对数学家来说未必高端，但对于艺术家却太过复杂。当然，音乐家不问计算。他们只是感到，带有数学复杂性的半音，丰富了音乐的表现力。严谨的德国人巴赫注意到"十二平均律"的科学与艺术优势，从1722年到1744年，他写了24首钢琴曲，组成两卷本的《十二平均律钢琴曲集》。在纷纭数字的背后，出现了被誉为"音乐圣经"的美妙乐音。

其实，在中国明代万历二十三年（1595年），律学家、历学家、音乐家朱载堉就完成了他的《乐律全书》。其中，就论述到了"十二平均律"。还是在万历十一年（1583年），百年之后巴赫才诞生，这位明朝王子就已经作了"十二平均律"的演算——匀律音阶的音程，可取2的12次方根。这是音乐史上的一个重大发现。来自西方的传教士忙不迭地经丝绸之路，竞相把朱载堉的"十二平均律"带到西方。

巴赫未必知道这位中国王子。但这个音律带来的深远影响，却在西方乐坛焕发出光彩，以至于写出那部"音乐圣经"的巴赫，比中国的朱载堉还要出名。此刻，就连巴赫的乡党、德国物理学家赫尔姆霍茨也不得不公允地说句话了，中国王子朱载堉"在旧派音乐家的大反对中，倡导七声音阶。他把八度分成十二个半音以及变调的方法，是一个有天才和技巧的发明"。而今，"乐器之王"——钢琴大行于世，但西方钢琴制造的原理，却来自于发现"十二平均律"的这位东方科学家。

那么，朱载堉是如何发现"十二平均律"的？答案是：数学计算。他用81档的特大算盘，进行开平方、开立方计算。他提出"异径管说"，设计并制造了弦准和律管，使十二乐音相邻的两个音，增幅或减幅相等。艰苦的探究破解了音乐史上的难题，横空出世的一个数学公式：2开12次方，为"十二平均律"奠基。朱载堉在数学界和音乐界竖起了一座里程碑。

中国律学专家黄翔鹏先生说："'十二平均律'不是一个单项的科研成果，而是涉及古代计量科学、数学、物理学中的音乐声学，纵贯中国乐律学史，旁及天文历算并密切相关于音乐艺术实践的、博大精深的成果，是世界科学史和艺术史上的一大发明。"英国著名学者李约瑟认为，朱载堉是"世界上第一个平均律数字的创建人"，是"中国文艺复兴式的圣人"。

当数学遇到音乐，无序的自然之声成为有序的音乐之声，让原始声音演化为有律乐音。于是，从玄妙的数学世界走到美妙的艺术世界，数学让音乐更美丽。

我们发现，以枯燥演算得出的"十二平均律"经典公式，催生出许多美丽的音乐。巴赫的《十二平均律钢琴曲集》与其说是一个科学的数字排列，不如说是一次绝美的数学艺术的演绎。其中，开篇第一首"C大调前奏曲"，虽只运用自然音体系的三和弦与七和弦，却有着极致的优美，以至于让后人以它作为典雅高洁、流畅动听的圣歌《圣母颂》的钢琴伴奏。

在醉人乐声响起的那一刻，数学与音乐合成一道绚烂的霓虹——这就是当数学遇到音乐时，两个领域共同焕发出的全部魅力。

（摘自《读者》2018年第12期）

四大发明与经济理性

谭保罗

过去，批评者时常指出，四大发明在中国的应用出现了"变异"，并没有刺激经济和社会的进步，正好和西方相反。

比如，西方用指南针开创了大航海时代，在现实世界建立起贸易互通带来的财富创造机制。而我们用它来做罗盘，运用于观测阴阳风水，希望在另一个世界寻求人生的快速致富之道。

当然，我们也没有必要苛责古人，技术在发明之后如何运用，本质上是一个经济理性的选择过程，它基于当时各种来自政治、文化和社会等层面的约束。当你身处一张"大网"之中，你就必须权衡成本和收益。因此，技术在使用方向上的"异化"并不为怪，每个人都是具有经济理性的动物。

在四大发明中，活字印刷术最为特殊和典型，它在中国的命运是经济理性的最好体现。有意思的是，毕昇于北宋时期发明了活字印刷术，但毕昇之后到清朝的数百年时间里，活字印刷并未在中国大规模应用，依然是雕版印刷占据主流。为什么？经济理性使然——活字印刷成本太高，收益太低，因此没有市场。

首先，汉字被简化之前，字太多了，一本书要用的不同汉字往往在一万个以上。换句话说，有太多生僻汉字的字模，无法通过规模化生产来降低制造成本。而且，字太多还给字模的保存提出了难题，因为活字用完之后必须按照音韵归类存放，以便下次再取字排版。但古时汉字的韵太复杂，归类太费力！

比如，北宋官修韵书《大宋重修广韵》竟然有36个声母、206个韵母（含声调）。于是，当时将活字归类存放就是一件很耗费人力的事情。采用活字印刷，书商除了排版，还要在存放时支付极高的人工成本，但雕版印刷只需要支付雕刻成本即可，存放简单。

其次，中国的书刊和典籍更适合雕版印刷，而非活字印刷。

一个被很多中国人忽略的事实是，中国最重要的文化典籍基本上都是先秦时期的作品。"四书五经"始于先秦，之后的两千多年，中国读书人再也没有创作出超越"四书五经"的经典。即便是朱熹这样千年一遇的大儒，依然是在注释过去的典籍，而不是彻底的原创。

因此，这种"千年不变"的文化书刊市场格局决定了中国的印刷产业一定是少品类、大规模的重复印刷。显然，雕版的成本更低，而且低得多。到了明清时代，市民社会的崛起带动了对话本小说的需求，但雕版印刷依然更适用，因为它可以印出精美的图案，而活字排版没这个本事。

因此，雕版印刷从五代时期开始兴盛，一直称霸到19世纪中叶——直到德国人谷登堡发明的铅活字印刷术进入中国。当然，谷登堡是毕昇的

"学生"，他受到了中国技术的启发。

历史总是让人豁然开朗。

（摘自《读者》2021年第1期）

未来的工作

方陵生

未来的新工作

2018年10月，高知特信息技术公司发布了一份关于未来10年（2019—2029年）新工作的报告——《未来的21种新工作：到2029年的就业指南》。报告认为，随着人工智能的发展，一些传统岗位将渐渐消失，新的工作岗位也将不断出现，但无论新旧工作岗位如何交替变换，机器仍然不会完全代替人类。

垃圾数据处理工程师：根据垃圾数据得出的结论通常是错误的，因此我们需要对错误数据进行修正。垃圾数据处理工程师能够识别和清理垃圾数据，将其输入机器学习算法，提高数据质量，让垃圾变废为宝的可能性是无限的。

网络攻击代理：未来战争将越来越多地在虚拟环境而不是现实环境中进行。2015年的乌克兰断电事件和2016年美国总统大选中，我们见识了网络攻击的威力。为此，美国国家网络安全中心正在招募新型网络代理，这一角色不仅履行保护国家基础设施的职责，必要时还将对敌方发起攻击。

青少年网络犯罪感化顾问：如今，网络犯罪对精通数字化手段的年轻人来说是一种新的诱惑，容易赚钱的诱惑和网络犯罪无明显受害人的性质，正在吸引越来越多的年轻人投入网络犯罪。为此，美国国家网络道德行为中心正在招募咨询师到学校和青少年感化中心，感化已被定罪的学龄期网络罪犯，矫正他们的行为。

语音体验设计师：人工智能语音是21世纪20年代计算机领域的前沿科技之一，人工智能语音平台可以让每一个人选择自己最喜欢的声音。研究表明，语音界面越能反映独特的用语特点和语音特征，其使用效果就越好。除了提高客户参与率和降低客户获得成本，语音设计还有利于提高完成任务的效率，优化与虚拟助理的合作，实现最佳操作和模式的匹配。

业务行为主管：多年来，我们一直在整理来源于各种渠道的大量行为数据，包括人与环境和空间传感器的交互数据，以及通过前沿生物识别技术获得的员工业绩表现数据和情绪表现数据等。业务行为主管将负责分析员工的行为数据，提高员工的敬业精神、工作效率和幸福感。

智能家居设计经理：智能家居设计团队将与建筑师、工程师和客户合作，使用最新的集成技术，设计集美观和环保于一体的新型住宅，为居民提供更舒适的居住环境。

算法纠偏审计师：人工智能在我们的各项业务中——从产品开发、销售分析、人员招聘到合同评审——所起的作用越来越突出，我们必须要确保人工智能算法在这些工作中的公平性和合法性。

网络灾难预测师：网络灾难研究中心将帮助人们打造一个更安全的网络世界，网络灾难预报员的主要任务是监测、检测和预测网络威胁及其影响，为可能发生的网络灾难性事件做好应对准备。

电子竞技场建筑师：就像传统的体育迷一样，电子竞技爱好者也想与他人分享体验。游戏玩家常常通过亚马逊公司的 Twitch 平台等渠道参与远程电子竞技。与此同时，在实景场所（如剧院和体育馆）观看球赛的方式也越来越受欢迎。

潮汐地带规划师：人类不断地改变着自然景观，这种改变有好有坏。如今，我们在对抗全球变暖的斗争中已经没有退路，当务之急是以更环保的方式与大自然合作。潮汐地带规划师的主要职责是在世界各沿海城市全面规划与大自然的合作，并负责相关项目的实施。

机器人个性设计主管：机器人个性设计主管将为数字产品或服务赋予独特的声音和个性。这个职位需要对品牌、社会学、哲学、流程设计和机器学习有深入的了解，以确保自动化界面能够吸引和取悦更多用户，激起他们更加强烈的购买欲望。

机器风险管理员：机器风险管理员将对智能机器可能出现的故障和可能存在的潜在风险进行管理和处理。该职位还将通过积极处理机器伦理问题，建立人机信任，保护公司品牌、声誉和财务健康。

订单管理专家：越来越多的商品交易都以网络订单的形式进行，这就是为什么大型咨询公司需要订单管理专家的原因。这一职位负责创建一个订单链接框架，以建立和提高客户的熟悉度和忠诚度。如果你是一名媒体经理、创意业务分析师或产品经理，你将具备成为订单管理员的条件。你的工作职责是通过简化订单流程、识别交叉销售，作为中间人安排与许多第三方供应商的交易来减少客户的困惑。该职位还负责调查研究最适合获取新客户订单的流程系统，开发微型订单服务系统，提高现有客户的价值，减少客户的流失。

飞行汽车开发师：未来五年内，飞行汽车将成为有钱客户的一个选择；未来十年内，飞行汽车将形成一个大规模市场。我们正在进行一场竞赛，与资金雄厚的硅谷初创企业和国家支持的冠军企业竞争，开发下一代主要交通模式。这需要招募优秀的汽车、航空工程师，让人们长期以来的飞行汽车梦想尽快成为现实。

目标管理首席规划师：作为一名首席目标规划师，首先要掌握客户概况，并通过所有的社交渠道帮助客户在竞争日益激烈的市场环境中建立、维护、管理和完善自己的目标。如果你目前从事公关工作，关注社交媒体，并且有影响他人的天赋和能力，那么你很可能拥有成为一名首席目标管理规划师的潜质。

展望未来

世界在变化，而且将永远持续变化；我们的工作在变化，也将永远持续变化。在你出生的时候，世界上的一切都显得很正常、很平凡，这是世界运作方式的自然组成部分；在你15岁到35岁时，人类发明的任何东西都让你感到新奇和兴奋，你会体验到一种革命性的变化，你也可能会在其中找到一份属于你的职业；在你35岁以后，人类发明的东西几乎都将超乎你的想象。这是我们对科技变化和工作职位变化的总结。

在以"机器取代人类成为未来主宰"的假设充斥着媒体的时代里，技能性质的变化是一个值得思考的问题。一些传统技能正在失去市场影响力，许多新技能则成为就业竞争中的巨大优势。但事实上，一些拥有永恒和持久价值的古老技能比以往任何时候都重要，而有些新技能只是昙花一现。无论我们的技术变得多么先进，人类的一些基本特质和能力，如感情、信任、互相帮助、想象力、创造力和奋斗精神，仍具有重要价值，并将成为未来工作的核心技能。

未来的工作可能会完全超乎我们的想象，但那就是未来，我们都将参与其中！

（摘自《读者》2019年第15期）

或然世界：AI 和艺术的短兵相接

霍思伊

在人工智能时代，一切边界都模糊了。

2019年7月13日，微软基于情感计算框架的人工智能小冰，在中央美术学院首次以画家身份举办个展：或然世界。

就在两个月前，小冰继写诗和演唱之后，解锁了绘画技能，她化名"夏语冰"参加中央美术学院2019届研究生毕业展，但没有人识别出她的真实身份。

毕业展的总策划——中央美术学院实验艺术学院院长邱志杰说，毫无疑问，小冰通过了"图灵测试"。

在小冰的个展开幕当天，中央美术学院美术馆副馆长王春辰抛出一个问题："或然世界，也就是另外一个世界，和我们此岸的世界不太一样的世界。那么，人工智能所表达的世界，究竟是不是我们现在所看到的世界？"

打败他们的，不是人类

2018年10月，一幅肖像畫在纽约佳士得拍卖会上以43万美元的高价被成功拍卖，引发巨大轰动和讨论。此前，它被预估的成交价从未超过1万美元。

与之一起拍卖的还有美国波普艺术之父罗伊·利希滕斯坦和身家高达7亿美元的安迪·沃霍尔的作品。但现在，他们都被打败了。安迪·沃霍尔作品的最终成交价是7.5万美元，罗伊·利希滕斯坦的则是8.75万美元。

更令他们沮丧的是，打败他们的不是人类。

在艺术收藏家眼中价值43万美元的肖像画名叫《埃德蒙·贝拉米像》。典型的金色古典欧式画框中，一个略显肥胖的男人微侧着脸，似乎注视着你，又似乎不是。因为他的脸部是模糊的，身体曲线也是，黑色的礼服隐没在黑色的背景中，所以，画的风格有点像印象派。有人从他简单的白色衣领推测他可能是个牧师，或者是个法国人。谁知道呢，毕竟这是个虚构人物。

他的名字是在向伊恩·古德费洛博士致敬，他是目前最重要的机器深度学习模型——生成式对抗网络（GAN）的创造者。在法语中，古德费洛可以被翻译成"Belami"，于是，就有了贝拉米。

在很多人看来，这个快速致富的故事似乎太过简单了，因此令人诟病。3个法国大学生用一个19岁的高中生放到开源平台上的代码来训练人工智能，该算法在学习了14世纪至20世纪的1.5万张肖像画后，"创造"出自己的作品，并在拍卖中溢价43倍。

以GAN为基础的人工智能艺术创作，不同于50年前就开始的计算机绘画。那时候，艺术家把自己的审美要求转换成具体的代码输入计算机。

而 GAN 的运行原理是个"黑盒子"。人类喂给它海量的数据，在绘画创作领域，这些数据就是历史上人类画家的作品，计算机通过内部的算法学习这些画作，并自主找到其中蕴含的人类审美规则，然后产出作品。之所以说它是"黑盒子"，是因为人类只能通过观察终端产出来推测它是如何学习的，但永远无法确切地认知。

在传统模式中，计算机相当于在人类精准的"指导"下工作。在生成式对抗网络模式中，人类只负责提供"母乳"，真正自主学习的是"孩子"自己。

像人类社会中，当发现自己的孩子"长歪"时，父母总会及时纠正一样，微软小冰全球产品线负责人李笛说，在训练小冰的过程中，研究人员曾发现她会创作出人类审美所不能接受的作品，"画面很难形容"。此刻，要通过打分模型反馈给小冰，让她知道"什么是好的作品，什么是坏的"。李笛将此形容为"棍棒底下出孝子"。

在小冰团队看来，小冰已经能够实现100%原创。这种原创不仅体现在画面的构图上，还体现在画面的每一个元素上。

问题是，人工智能所谓的"原创"，是否等同于人类的"原创"？

《埃德蒙·贝拉米像》无法回答这个问题，或者说，它无法在人类的语境下回答这个问题。

竞拍前，它就挂在安迪·沃霍尔作品对面的墙上，而在画作署名的地方，却是一行算法公式。在艺术史上，从没有哪一刻，艺术和人工智能如此短兵相接。

小冰的原则是要对人有价值

李笛说，如果只考虑最近的两三年，人们可以只关注人工智能系统的功能性，比如帮人类订餐、打车。但如果以10年为衡量基础，就必须考虑其系统设计上的完备性，人工智能要和人类有更好的交流，就需要具备一定的情商。如果把时间尺度拉得更长，也就是考虑人工智能要如何更好地去兼容未来，它必须要从人类社会学习更多东西。

人和人之间的交流不仅仅是对话和任务，还包含着信息的传达。这种传达不是管道形式的，即A把看到的事物直接转发给B，而是A经过所谓的咀嚼或感悟再传达给B，在这个过程中就有原创性的成分，也就是"理解"。

李笛认为，人类的创造能力主要有3种：第一种是提供新的观点，目前人工智能还很难做到。人工智能可以迁移、搬运观点，但是要产生新的观点还很难。第二种是提供新的知识。一个教授能够通过以往的知识推导出一个具有原创性、独创性，以前不存在的概念，这也是人工智能很难做到的。第三种是原创内容的生产，这是目前微软努力的方向，他们已经实现了让由人工智能框架赋能的不同类型的产品具备这样的特点。

但他也承认，人工智能的"创造"与人类的创造差别很大。人工智能的创作很难让人们溯源到人工智能本身，而在观看人类的艺术作品时，通过作品溯源到背后的艺术家是一个很重要的欣赏环节。

微软对小冰的定位很明确，其目标从来不是让小冰成为超越人类的艺术家，而是成为一个内容行业的创造者。

李笛指出，小冰的原则是要对人有价值，能被大众理解和接受。"对于让她自我表达，我们的兴趣不大。"

从这个原则出发，小冰的训练数据包含了从17世纪至20世纪横跨400年的人类社会普遍认同的236位艺术家，而非一些大众难以理解的当代先锋艺术家。

"我甚至可以把小冰的机房打开，把她所有服务器的外壳全打开，你看到里面的那些灯在闪烁，这其实就是人类想要追求的行为艺术。对小冰来讲，她的本质就是这个，但她现在追求的是被人类理解。"李笛说。

人类艺术家在追求"出圈"，小冰则正好相反。

人工智能是第三极

邱志杰决定让小冰以化名参加中央美术学院的毕业展，是为了做个实验。

他很好奇，人类对人工智能的偏见究竟有多深。

在小冰人工智能的身份被揭露之前，一些观众会被她的作品打动，从中解读出很多东西。但之后，人们的心态发生了很大变化。有人吃惊，有人恐慌，还有一些人特意来挑刺儿。就像此前小冰作诗，匿名在豆瓣上发表时，收获了很多称赞和共鸣，但公布身份后，人们又说她的诗没有灵魂。

艺术圈也是如此。邱志杰发现，对于AI创作艺术，4种主流观点分别是：拒不承认，担心自己被彻底取代，认为AI可以成为人类的助手，以及不了解、不清楚。事实上，最后一种往往更为普遍。

他认为，人类对于自己未来和AI的关系还不确定，大多数人还没有做好准备。

邱志杰也有一句名言："AI不了解人性。"

他指出，AI 目前还处于婴儿期，人类社会中的左右为难、难言之隐，以及一些非常微妙的分寸，它还难以把握。

喜欢研究美学的物理学家张双南赞同邱志杰的看法。他指出，人类的审美是自私的，因为人性是自私的，人类总要强调自身的独特性和优越感，所以有欲望。"人类的创造力就来源于内在的强烈欲望。AI 没有欲望，只是为了满足人类的价值观。"

但小冰团队的首席科学家宋睿华经常反问自己：为什么小冰要画人类能够欣赏的艺术作品？人工智能是否有自己的语言和审美取向？

而且，计算机最强大的特点是它的并发能力，可以在很短的时间内同时模拟人类的很多能力。

"即便是一万次的迭代，计算机可能也只需要花两个星期，这让我们可以同时看到很多不同的可能性，这就是或然世界的可能。"宋睿华说。

在邱志杰看来，这也是 AI 超越人类的地方。

不管人类是否承认，人工智能已经在挑战传统的思维方式和生产方式。

邱志杰认为，AI 在3分钟内可以同时为数十万人画画，且质量稳定。艺术在今天以如此高效的方式生产，AI 已经成为足以和人类艺术家平行的一种创造。从技术上来说，艺术家这个工种中的大部分工作将很快被 AI 接管。

因此，人工智能不仅解放了设计师，还宣告了一个新时代的到来，这是一个高度定制化的时代。

新媒体艺术家周林玮认为，AI 建立了一个坐标系。人一直在打造各种各样的镜子，各种各样的分身。通过不同的镜子，人越来越清晰地看到自己的样貌。所以，艺术家要和 AI 一起进化。

李笛指出，人类和人工智能共存，互相协助，将会成为可预见的未来。"在人类和世界之外，人工智能是第三极。"

（摘自《读者》2019年第19期）

地理，人类的终极浪漫

罗发财

　　"春晚之所以选在晚上8点，是因为晚上8点全世界的华人都在同一天。"前一阵子，这个带点煽情的信息在微信朋友圈刷屏。但还没等到它传播得更广时，就有人出来辟谣了。

　　在网络激烈的讨论中，有一个回复很打动我。答主是一位海外华侨，他说："真的没必要说这是硬凑，本来就是人们为了那一点家国情怀找到的浪漫，异国他乡的人看到这个真的会感到很温暖，就当这是地理留给大家的浪漫吧。"细想一下，地理带给我们的浪漫，真的有很多。

　　马克·李维在《伊斯坦布尔假期》中写道："乘渡船过博斯普鲁斯海峡总是一桩很美妙的经历，每次我都想象自己是在欧洲工作，而晚上则回到我住的亚洲去。"廖一梅在给孟京辉写的《恋爱的犀牛》剧本中，有一段话也因为地理而拥有了别样的浪漫："那感觉是从哪儿来的？从心脏、肝、脾、血管，从人的哪一处内脏里来的？也许那一天月亮靠近了地球，太阳直射北回归线，季风送来海洋的湿气使你皮肤润滑，蒙古形成的低气压让你心跳加快。"

"一个动作＋地理名词"是浪漫又有诗意的表达。越过晨昏线，停靠在摩尔曼斯克港，邂逅极光，拥抱北大西洋暖流，回归斯堪的纳维亚半岛。这些话毫无逻辑，但听上去就是很浪漫。

高中地理课讲过，因为北大西洋的暖流，摩尔曼斯克港成为不冻港。后来这个地理知识变成了爱人之间的情话："你是北大西洋暖流，我是摩尔曼斯克港，因为你的到来，我的世界成了不冻港。"

在安徽合肥翡翠湖附近，环翠路、翡翠路、丹霞路相互连接交会，从高空俯瞰是一颗爱心的形状，被当地人称为"心形公路"。这条路全程约6.57公里，两个人携手完整走一圈一共约13.14公里，因此，这里成了不少恋人的约会圣地。

每年的3月21日被称为地理人的浪漫日，因为有晨昏蒙影，即使昼夜平分的春分，也还是白天比黑夜长一点，象征着这个世界的光明，总是比黑暗多一点。

其实，人们都知道，流星雨听起来很浪漫，但它只是流星体以每秒几十公里的速度穿入地球大气层而产生的发光现象。那些心形的湖泊，只是千年地质形成的结果，并不是什么命运的安排。但人们为何热衷于把地理现象变为浪漫的地基？我想大概是因为历史会骗人，但海洋和大陆架不会。即使有一天所有的感情都会消亡，我们还能看见几十亿年前那颗恒星发出的光。当你觉得世界没有任何意义时，可以试着想象和创造自己的意义。世界碎了，但潮汐在我们心中。我们愿意用庞大的山河湖海，用不会轻易因时间而改变的万物，向心中最重要的那个人许下誓言，或者参照它们寻找自己人生的意义。

地理本身并不浪漫，浪漫的其实是人类。

（摘自《读者》2021年第17期）

靠人类存活下来的物种

七 君

人类活动给许多生物的生存造成了威胁，可是也有一些生物是依赖人类才能"超长待机"、逃避灭绝的命运，在地球上存活下来。

你可能不知道，南瓜和西葫芦属于早就应该灭绝的物种。南瓜和西葫芦都是葫芦科南瓜属的植物，现在南瓜属几乎没有野生品种了，只剩人类培育的那些品种。

为什么呢？因为南瓜属植物种子的传播者早就灭绝了。

原来，南瓜属的植物富含葫芦素，苦味的葫芦素是植物用来防止动物啃噬的"生化武器"，人类只要吃几口富含葫芦素的野瓜就会中毒。

和人类类似，中小型哺乳动物都不太喜欢有苦味的野瓜。比如，在美洲野外可以找到的南瓜属臭瓜，成熟后的味道很苦，猫和狗都不吃。牛吃了以后，它们的奶水会变苦，如果不是饿极了，它们也不会吃，因为牛一下子吃太多臭瓜就会中毒。

但是大型哺乳动物，比如已经灭绝的美洲乳齿象和地獭却不怕。一方面，这些动物因为体型的关系不容易中毒；另一方面，它们品尝苦味的受体 TAS2R 基因比小动物的少得多，所以对苦味不太敏感。从美洲乳齿象和地懒的粪便化石可以看出，它们常吃葫芦科植物的果实。

这一点现在也成立，非洲象就会吃葫芦科的苦味瓜。尼泊尔的独角犀牛也喜欢吃滑桃树的苦味果子，每天能吃数百个。

因为不缺传播者，在1万年前，南瓜属植物的口味虽然比较苦涩，但是能在美洲欣欣向荣地生长。

可是，在全新世早期（约1.1万年前），美洲的大型哺乳动物灭绝了。大型哺乳动物灭绝后，南瓜的处境就很艰难，因为小动物不喜欢它们的苦涩，因此不会帮它们传播种子。如果不是人类及时培育出能吃的南瓜，它们恐怕早已灭绝。

可以说，南瓜和西葫芦是靠"吃瓜群众"才得以幸存的。

实际上，和南瓜属的蔬果类似，许多美洲植物早就应该灭绝了。

比如，牛油果的大核就是为地懒准备的，小动物无法吞下整个核，也就做不到帮牛油果传播种子。和牛油果类似，番木瓜的传播者也灭绝了，它们的种子有毒且颗粒大，小型动物无法把它们搬运到其他地方。

生长巧克力原料的可可树也和南瓜类似，它们种子的传播者已经不在世上了。在距今2.2万年至1.3万年的上一个冰河世纪，可可树的分布范围急剧缩小。而现在它们的种子主要靠人类传播和栽植，在野外它们并没有得力的传播者。

美国柿的传播者也灭绝了。这种柿子的种子是有毒的，不能咬碎了吃，所以小型动物不可能为它们传播种子。

最早发现如今的许多瓜果"穿越时空"的是宾夕法尼亚大学的生态学家丹·詹岑和亚利桑那大学的地质学家保罗·马丁。1982年，他们在《科学》上发表了一篇文章，指出中美洲许多蔬果的真正传播者早已灭绝。

后来，这种生物本该灭绝却还存在的现象就被叫作演化时代错位。

上面介绍的这些"超长待机"的植物来自美洲，咱们平时见不到它们的果树本体。但是，在中国，我们平时在马路上也可以看到一个穿越而来的树种，那就是银杏。

银杏在侏罗纪时代就存在了，因此常被称为活化石。"活化石"这个昵称让许多人产生了误解：银杏的适应力很强。现实并非如此，银杏果实的传播者早就灭绝了。如果不是人类，银杏也早该消失了。

银杏的果子很臭，并不招大多数动物喜欢。因为银杏果子的独特臭味，一些肉食动物也会吃它们。可是，肉食动物往往通过排泄粪便来画领地，所以它们的传播效率也是有限的。

现在大家并不清楚银杏过去的"战略合作伙伴"是谁。中生代啮齿动物多瘤齿兽可能是银杏种子的传播者，它们和松鼠一样有存粮过冬的习惯，可是它们早已灭绝。

因为银杏种子的主要传播者已经灭绝，而后来出现的传播者效率不高，因此大概在200万年前，银杏的分布范围缩小到浙江天目山等我国境内的少数几个避难所。

如果不是我国古代某些僧人的培育，银杏可能早就"团灭"了。因为这些僧人给我们留图又留种，所以我们现在还可以在城市中见到它们。在1730年至1750年，银杏被引入欧洲。2019年，浙江大学发表在《自然通讯》上的一项研究发现，现在世界上几乎所有银杏都是天目山银杏的后代。

如果没有人类，一些动物很快就会灭绝，比如马。

马虽然是常见的家畜，但你可能不知道，这世界上可能已经没有野马了，野马在几百年到几千年前就灭绝了。2018年，发表在《科学》上的一项研究指出，曾被认为是最后的野马的普氏野马，实际上是5000年前在中亚被驯化的马放养到野外形成的群落。

现在普氏野马也混得不好，在野外它们的数量十分稀少，全靠人类的保育计划才勉强没有灭绝。

野马在灭绝线上的挣扎和它们这个目的属性有很大关系。

实际上，奇蹄目的动物（如马、犀牛）普遍不如偶蹄目的动物（如牛、羊）成功。偶蹄目动物的适应性更强，可以在更极端的环境里生存，但是奇蹄目动物就不行。许多奇蹄目的动物在始新世晚期（约3660万年前）就灭绝了。

偶蹄目动物的反刍消化系统比奇蹄目动物的后肠发酵式的消化系统更为高效，这可能是偶蹄目动物目前分布更广的一个原因。

当然，也有人认为，偶蹄目具有的颈动脉网对大脑有重要的保护作用。颈动脉网可以让大脑温度不会随体温剧烈波动，这让它们可以适应多变的天气，这种优势也是奇蹄目动物所不具有的。

总之，若不是人类的存在，我们熟知的许多物种会很快消失。

（摘自《读者》2021年第1期）

科学是玩出来的

老 多

很久很久以前，有一个很老很老的老头，叫亚里士多德，他认为，科学的产生需要具备三个条件：惊异、闲暇和自由。贪玩的人需要这些，而科学更需要这些贪玩的人。

这年头，要是电视广告上说奔驰公司新推出一款百公里耗油不到5升的新车，或者苹果公司又推出一款全新的 iPad，当然也包括游戏公司推出的全新电玩，这简直太棒了！邻居家的坏坏看见这些广告肯定马上就疯了，恨不得第二天就把套牢半年多的股票全都变现。

除了奔驰、苹果、最新电玩游戏，NASA 在大西洋边上支起了一个几十层楼高的大家伙，冒出一股白烟，"呼"的一声就飞上了天。而且这个大家伙能在几个月以后"咯噔"一声落在火星上，还从里面爬出一个瞪着俩大眼睛的机器人。这就是"机遇"号火星探测器。知道地球和火星之间的距离有多远吗？最近的时候是5500万千米，最远的时候有4亿千米。坏坏去年带着老婆开车去了一趟青藏高原，来回用了将近一个月，那叫一个爽。可满打满算这一趟也没超过15000千米，比火星离咱们最近的时候还差了几千倍。

这是大的，还有小的。一个用最时髦的纳米技术造的机器人，能在你的血管里到处跑，还能帮你把血管里的血栓之类的脏东西给弄下来。

这些听了就能让人浑身是劲、令人疯狂的玩意儿都是靠啥整出来的呢？大家也都明白得很，是靠科学。不过，尽管这些新产品新游戏的推出全得仰仗科学，可要是提起科学或者科学家啥的，肯定不会有人为之疯狂，估计好多人还会觉得浑身不自在，尾巴骨发凉，马上躲得远远的，避之唯恐不及。

为什么呢？这是因为大家都觉得，科学太神奇、太厉害了。这么神奇、这么厉害的科学，肯定不是咱们这些草民可以关心的，所以大伙儿一听见科学二字，不赶快跑还等啥？

不过话又说回来了，科学根本没那么玄乎，很多时候，科学是玩出来的！

"50后"或者"60后"应该还记得，小时候没有半导体收音机，只有一种叫矿石收音机的小玩意。这是在半导体二极管发明以前，一种用天然矿石晶体作为高频检波器的非常简单的收音机。那时候很多小朋友都特别爱玩这种矿石收音机，跑到北京当时著名的无线电爱好者圣地——西四丁字街，花一两块钱买一个矿石和可变电容器（也叫单联）。回到家里自己用漆包线绕一个大线圈，再弄一根长长的天线，另一根电线接在暖气管上。然后戴上耳机，趴在桌子上扒拉那个矿石的接触点，突然耳机里出声音了："……小喇叭开始广播啦……"一台矿石收音机就这样制造成功了。为此，这些现在已经是60岁上下的"小朋友"会高兴得满地打滚。

不过玩矿石收音机只是小朋友课余时间的业余爱好，真正的科学家也爱玩吗？

没错！

就拿飞上天的火箭来说吧，发明火箭的那个美国佬——高达德就是一个大玩家，现在叫发烧友。16岁的时候高达德看了一本叫《星际战争》的书，这本书让高达德如痴如醉。在大学毕业当上教授以后，这位超级发烧友有点闲钱了，就自己花钱玩火箭，因为他想把自己送到某颗星星上去当国王。可那时候飞机才发明没多久，根本没人知道怎么才能飞到星星上去，更别说参加星际战争了。不过高达德不管这些，他发明了一套能在真空里干活的发动机，然后造了一个又细又长的大鞭炮，大冬天的给支在了雪地里。电钮一按，"轰"的一声大鞭炮飞了出去。这个大鞭炮就是现在大名鼎鼎的火箭的雏形。不过老高的这个"火箭"和咱们春节放的二踢脚差不多，飞了几十米高就掉了下来。可你知道吗？高达德这么一玩结果就让自己成了"火箭之父"。

还有那个提出相对论的物理大师爱因斯坦，他也喜欢玩，也是玩出来的科学家。爱因斯坦5岁的时候就喜欢玩罗盘，其实就是指南针。那上面的小针总是指着南北两个方向，太神了。不过爱因斯坦和高达德玩的方式不太一样，他喜欢在脑子里玩，爱琢磨好玩的事。那时候，大家都对光的速度很感兴趣，并且计算出了光的传播速度是30万千米/秒。这可让爱因斯坦乐坏了，心想这下可有的玩了。他想如果人要是能以光速运动，那这个世界会咋样呢？没想到这个想法成了他研究相对论的根，那时他16岁。

善于用脑子玩的还有一位，他就是英国科学家霍金。霍金小时候没有残疾，喜欢自己造玩具，而且会造很复杂的玩具。不过很不幸，霍金得了一种很奇怪的病，会使肌肉萎缩，后来连话都不能说了。于是他只好在想象中生活，想象中玩。他玩的东西，啥宇宙弦理论、膜理论没几个人能弄明白。可是他写的书《时间简史》《果壳里的宇宙》卖得很火，因为大家都觉得霍金很神奇，都想看看他在玩啥。

也许大家会问，这该不会是胡扯吧，科学怎么是玩出来的呢？那些满脸严肃的大学教授，还有中学里分判得挺严、眼镜片挺厚的物理老师可绝对不像会玩的人啊！

这一点儿都没错，如今有些科学家确实有点儿像外星人，差点儿人情味儿。而且见着不太懂科学的人他们就更牛了，摆出一副自己啥都明白的样子，大棍子抡圆了把你教训得没地方躲。好像除了他谁都不懂科学，科学只有他知道似的。此外，很多科学家写出来的所谓科普文章，看一眼就不会再想看第二眼。

那错在哪里呢？错就错在现在大伙把科学看得太神秘、太玄乎、太"金字塔"了。难怪美国有位先生写了一本书《科学是怎么败给迷信的》，注意书名：科学是怎么败给迷信的，失败已经是结论。其实，现在科学在大众的心里已经和算命先生、周公解梦、跳大神啥的有点类似了，心存敬畏，无法接近。到底这是为什么呢？

原因很简单，那就是大家忘记了，而且连科学家自己也忘了：科学其实是玩出来的！

科学绝不像算命先生、周公解梦、跳大神那样无趣又诡秘，科学是非常美妙的。美国著名的物理学家、诺贝尔奖得主，贪玩的费曼在他写的物理书中告诉他的学生们："我讲授的主要目的，不是帮助你们应付考试，也不是帮你们为工业或国防服务。我最希望做到的是，让你们欣赏这奇妙的世界。"

（摘自《读者》2014年第1期）

科学院派出的科学使者

江　山

　　航天专家潘厚任保存了很多看起来不太重要的东西：一所中学孩子们的打分表，一所打工子弟学校孩子们画的画，还有各地学生写来的信。在信里，有人问候他的身体，有人请教他问题，比如"近地轨道空间将来会不会有饱和的趋势"。

　　中国科学院空间科学与应用研究中心的这位退休研究员，曾参与过中国第一颗人造地球卫星"东方红一号"的研制。现在，他的职业成就感来自另一个领域。

　　81岁的潘厚任是中国科学院老科学家科普演讲团的成员。这个科普团成立于1997年，现有成员60人，平均年龄超过65岁，80岁以上的8人。其中不乏曾经参与国家重大科技工程项目的专家。

　　截至2017年年底，这些老科学家跑过1600多个县（市），举办了2.3万多场讲座，听众数量达到820万。

他们去过最多的地方是学校、政府、社区，也去过寺院和监狱。在山里的寺院，他们为僧人和信众讲解地震科学知识。他们在高墙内介绍宇航进展，吸引了很多见不到外面世界的服刑人员。他们还十分认真地回答听众有关外星人是否存在的问题。

潘厚任形容自己像永不停息做着无规则运动的微小粒子，是个"做布朗运动的老头"。只不过，他的"布朗运动"一直在科学的轨道上。

20世纪80年代末，潘厚任作为中国航天专家代表访问美国时看到，著名的哈勃空间望远镜尚未发射，美国宇航局给学生的科普小册子就已准备好。美国规定科研经费必须抽出部分用于科普，这样的理念对他触动很大。

潘厚任的柜子中存着厚厚的一沓资料，都是他从各国收集来的航天科普材料。每次出国交流，他都特地去收集这些材料。几十年后，它们派上了用场。

每场讲座下来，学生都一窝蜂地围上来问问题，拉着他们合影、签名。2018年还没到来时，这一年的演讲已经开始预约。还有学校把科普团到校演讲的事情写入招生简章。

一次，科普团去云南的一所山区学校讲课，本来说好只面向一个年级，但到了现场，校长红着脸问："机会难得，能不能让全校学生都来听讲？"最后，讲座被安排在操场上，台下坐了2000多人，学校还专门从教育局借了一个巨大的电子屏用来放映幻灯片。

但20年前，科普团刚刚成立时，迎接他们的还没有这么多鲜花和掌声。

时任中科院副院长的陈宜瑜找到刚退休的中科院新技术开发局原副局长钟琪，希望她能牵头做些科普工作。为了借鉴经验，钟琪专门跑了北京的几个书店，但失望地发现，书架上科普书没几本，中小学教辅书倒是一大堆。

科普团成立不久，最早的成员之一、微生物学家孙万儒去武汉一所重点中学做科普报告，校长对他的要求是"只有1小时，多1分钟也不行"，连在场的学生读几年级，都没告诉他。

钟琪下决心要做些改变。要让这个刚刚成立的科普团生存下去，首先要保证讲课质量。所有科学家走上科普讲台前都要试讲，"不管是院士还是局长"。每次试讲都有同行、老师、学生试听，并提问"开炮"。

1998年加入科普团的徐邦年毫不隐瞒自己差点被淘汰的经历。退休之前，他在空军指挥学院任教多年，成功通过试讲。但一出去讲课，还是控制不住场面，上面正讲课，下面嗡嗡响。慢慢地，他被请去上课的次数越来越少了。

徐邦年自己也着急，他深刻反思后，觉得是自己没有转变过去给研究生讲课的思路，太强调系统性，忽略了趣味性。于是他拉着老伴和几个朋友当观众，一次次听取反馈并做出调整，终于摸清了讲科普课的门道。

这些几乎伴随着国家科学事业一起成长的老人，把科普当成和研究一样严肃的事情。

潘厚任曾经拜托后辈帮忙整理上课时学生们传给他的小纸条，上面的问题足有2000多个。

在孙万儒的邮箱里，一半以上的信件都是孩子们发来的，大多是孩子们的烦心事，关于家庭、感情、学习等问题。

"孩子们听了你一堂课，觉得你见多识广，信任你，才会给你写信。"潘厚任认认真真地一一回信。

科普团成员也不得不面对科学曾经遭遇的尴尬局面。科普团现任团长白武明记得，在重庆一所重点中学演讲时，一位打扮入时的教师为活跃现场气氛，拿起话筒问在座学生："长大了想当科学家的同学请举手。"白武明看到现场约800人，只有不到20只手举起。女教师着急了，又问了一遍，举起的手的数量仍没怎么变。

"以前大家的理想都是当科学家，现在这样的理想不多了。随着社会向更多元发展，大家的需求、追求不一样了，想当老板、明星的很多。"他有些无奈地说。

这样，科普团的成员在报告中不仅要讲科普知识，也要讲科学人生。

白武明去讲课时，总是被问"为什么走上这条道路"。在他看来这件事很简单，"就是因为兴趣才选择"。他说："我们做一场科普报告，不是为了传递多少知识，最重要的还是培养学生的兴趣。"

"布朗老头"潘厚任觉得，自己当年接触航天这个领域纯属偶然。高中时，他最喜欢的是机械制图课。受物理老师影响，他进入大学学习天文专业，后来成为"东方红一号"卫星总体设计组的副组长。

他喜欢探索世界。他用的是最时兴的超小型笔记本电脑，他会用各种各样新潮的电子产品武装自己。他是北京中关村 IT 产品市场的常客，每隔两三个月就去淘新货。

20世纪70年代，潘厚任随着中国空间技术研究院下属的一个研究所迁往陕西，从事卫星仪器的研发。为了接收"山外"的消息，他拜托上海的朋友寄来材料，自己琢磨着组装了一台收音机。这台收音机如今看来，依然精致。

孙万儒也走过一条曲折之路。考入南开大学化学专业的他，毕业时却被分配到微生物所。"文化大革命"时期，搞科研被认为是走"白专"道路，他还曾到工厂做工人。如今，研究了大半辈子微生物学，已过古稀之年的他，在做科普讲座时更想传递点人生经验："我这一辈子从基础研究到应用基础研究，什么都干过，才有这么深的体会。"

"科学研究拿到的经费都是纳税人的钱，科学家用了这些钱，就有责任把研究成果以最通俗、最简单的方式告诉老百姓。"孙万儒说。

他用青霉素从被偶然发现到投入生产的故事，告诉正在面临专业抉择的高三学生，什么是基础科学，什么是应用科学。或者更通俗点，什么是"理科"，什么是"工科"。

在一所高中讲完一堂课，他发现一位物理老师竟流泪了。他有些诧异，对方告诉他："如果10年前我能听上这么一堂课，今天也许就不在这里了。"

这么多年下来，许多人担心这些老科学家身体吃不消。但科普团内未满80岁的成员都认为自己"还年轻"，他们愿意在这样的东奔西走中度过晚年生活。

在孙万儒看来，跟孩子们接触就是一种享受，孩子们提出的问题经常把他考倒。比如："地球上的病毒是什么时候诞生的？""生命的起源是什么？"其中大部分问题在科学界尚无定论。他坦诚地告诉学生自己答不上来，但鼓励他们"长大了去把它搞明白"。

他有些焦虑，"中国的生物学教育落后太多了"。很长一段时间里，生物学教育都未受到重视。很多人连细菌和病毒都分不清，得了病就吃抗生素。

在他看来，不仅是孩子，成年人也需要科普。一次，孙万儒被首都图书馆邀请去做讲座，讲"转基因能做什么"。在场的大多是中老年人，提的问题大都不是科学问题，而是社会上的谣言。"转基因在科学上没什么好争论的，社会争论的是另外一回事。"他说，"要把科学方法、科学思维教给老百姓，才是最重要的。"

2017年9月起，全国小学从一年级开始开设科学课程，科普教育受到重视。老科学家科普团进行过"科学课"的调研，他们发现科学课通常没有专职教师，任课教师的素质良莠不齐，待遇也不高。他们开始为科学课出谋划策，想办法去拓展科学课老师的视野，"他们要炒菜，我们给他们加一两盘好菜"。

21年来，社会上各种科普团队和活动多了起来。钟琪再去书店，密密麻麻的科普书籍让她看花了眼。这个由老科学家组成的科普团还是执着于办讲座的形式，"手机、上网，都代替不了面对面的沟通交流"。

年过八旬的潘厚任决定"鸣金收兵"，不再承担常规任务，只当团里的"救火队员"。当人手不足时，他就自己顶上。即使如此，在2017年，他还是外出讲了十几次。

尽管人手紧张，科普团严格选拔的传统依然延续下来。据白武明介绍，2017年11月，11位申请加入科普团的教授前来试讲，第一次一个人都没通过。一场试讲20多人评议，不说好话，主要是挑毛病，问题都很尖锐。

有些人面子挂不住，没再来，但更多的人选择"二战""三战"。在最近的一次选拔中，被接纳为新成员的，只有两个人。

（摘自《读者》2019年第2期）

深时之旅

苗　炜

　　最近读了一本书，英国作家罗伯特·麦克法伦的《深时之旅》。"深时"，这是一个地质学的时间概念，指的是"地球那令人眩晕的漫长历史"。在这本书里，作者深入矿场、洞穴、冰川内部等地下空间，把眼光放到万年、亿年，用深时的视角重新审视人类活动。

　　"深时"是地下世界的纪年。我们知道，人类所生活的地球，它的生命不是以年、月来计算的，而是以世、宙这样的单位来计算的，这些属于地质纪年方式，时间跨度是十万年、百万年甚至上亿年。地表上一切生生不息的现象，都无法成为地球生命的记录载体，能记载它的只有岩石、冰川、海床沉积物和漂移的地壳板块。以前认定的说法是，我们生活在新生代第四纪的全新世，但这个概念正在改变。1999年，在墨西哥城的一次关于全新世的研讨会上，诺贝尔奖得主、大气化学家保罗·克鲁岑提出，"全新世"的说法已经不再准确。根据传统的地质学观点，全新世是从11700年前开始的，一直持续到今天。但克鲁岑认为，现在整个世界已经发生了剧变，人类将在接下来的几千年甚至上百万年中，成为对地球的地质产生最主要影响的因素。我们需要一个新的词——人类世。我们人类，既是人类世的核心生物，也是它的缔造者。

不要以为"缔造者"在这里是一个好词。我们可以想想人类世的地层上会留下哪些印记。20世纪中期以来，资源被大量开采，人口、碳排放量激增，物种入侵和灭绝正在大规模发生，金属、混凝土和塑料被不断地生产又不断地丢弃。人类世的遗迹将包括原子时代的放射性沉降物、城市被摧毁的地基、数百万集中养殖的有蹄类动物脊骨，还有年产量可达数十亿的塑料瓶。

麦克法伦在书里写到，他在挪威北部边缘岛屿的海滩上，看到了五花八门的塑料垃圾，这些是典型的人类世物质，它们不是从自然中诞生的，也无法在自然中降解，变成了没有办法被消化，也没有办法从整体上把握的东西。我们持续不断的活动甚至还创造了一种新的岩石，叫"塑料聚合岩"——人们用篝火燃烧海滩垃圾而产生的熔化塑料，与沙砾、贝壳、木头和海草等凝结在一起，由此形成了一种坚硬的聚合物。这种岩石构成特殊，又非常耐久，很可能成为人类世地层的标志性物质之一。书里有句话让人印象很深刻："比我们的存在更长久的是塑料，猪、牛、羊的骨骼，和铅207。"铅207就是铀235衰变链条最末端的稳定同位素。我们可以理解为核废料。

"人类世"这个概念，是"深时"给我们的当头一棒。

美国弗吉尼亚大学的城市规划师蒂姆·贝特里曾经提出一个概念，叫"自然金字塔"，他说人们应该摄入一定剂量的"大自然"。金字塔的顶端是一年一度或者两年一度的荒野之旅，"那些地方会重塑我们的核心，为你注入对自然的深刻的敬畏感，让你重新跟更广阔的人群连接，重新确定自己在宇宙中的位置"。往下一层，是每月去一次森林、海边或者沙漠、群山。再往下一层，是每周去一次公园、河边，暂时逃离城市的喧嚣，至少在自然环境里待够一小时。然后，最底层的是我们日常交互的自然，包括社区里的鸟、树木、喷泉、家里的宠物、绿色植物、自然光线、新鲜空气、蓝天白云，这些都类似于日常的蔬菜，可以帮你缓解压力、提高专注力、减轻精神上的疲惫感。希望你在每天一小时与自然的接触之后，还能尝试一下金字塔顶端的"深时之旅"。

（摘自《读者》2021年第23期）

好意识

子 沫

写《刀与星辰》的徐皓峰曾说，有些电影不是技术好，而是意识好，比如李安是以拍吻戏的方法来拍武打戏的。想起《卧虎藏龙》，真是聪明的说法。

意识好，比技术好似乎有味。

曾看过旅法钢琴家朱晓玫的纪录片，只弹《哥德堡变奏曲》，那种陶然和弹法，不管过去多久都记忆犹新。她说，这个曲子她弹了很多年，弹得越来越自由，越来越沉湎于多声部的对话。变奏曲是一种令人陶醉的曲式，巴赫使一个主题变化多端，但万变不离其宗。一个变奏曲的主题好像一个人，一生不断成长、变化，但始终如一。

她说："我一生最难忘的旅行之一是踏着巴赫的足迹游历德国。埃森纳赫，巴赫出生的地方；奥尔德鲁夫，巴赫失去双亲后被哥哥收养的地方；阿恩施塔特，巴赫结婚的地方；魏玛、克腾、莱比锡，巴赫谱写《哥德堡变奏曲》和去世的地方。"

沿着巴赫的足迹旅行，在旅行中理解巴赫。

纪录片里，小村落，巴赫时代的木头房子，她静静弹奏《哥德堡变奏曲》。烛光、窗外厚厚的积雪，她微闭眼睛，陶然忘我。那是流淌在心底的音乐，如此从容、寂静、空旷，令人动情，与其说是音乐，不如说是演奏者的情绪感染人，如此畅通无碍地走进了巴赫的世界。

她的旅行和音乐，是她深入理解事物的方式。

同样地，看建筑家王澍的《造房子》，谈到他曾按沈从文《湘行散记》中的路线，沿着沅江，一村一站地走。从江船上看到极美的一个村落，沿江都是吊脚楼，走进里面，像步入宋人山水画，完全被震撼。所有的房子，上百栋，街道、巷子，全被连绵起伏的木构瓦面覆盖，泛黄的黑白调，不像一个村子，而像一个巨大的房子。他说，沈从文是他的精神导师，他从文学、山水里找到了建筑的精髓。

真正的好东西大概都是贯通的，有某种共同的语言，毫无阻隔，只有格局小的人才处处排他，故步自封。

印象深的还有一位法学教授谈读书。他习惯于从各个领域寻找哲学家，比如建筑领域的安藤忠雄，文化领域的陈丹青，电视领域已逝的陈虻……他看完《理想国》之后看菜谱，看完叔本华后看韩剧，有力量又有美感。老子说，绝学无忧。这样的读书搭配，彼此都是休闲……真好，不用那么正襟危坐，坐而论道。

聪明如阿城，说："我读《史记》，当它是小说。史是什么？某年月日，谁杀谁。太史公司马迁，明白写史的规定，可他却是写来活灵活现，他怎么会看到陈胜年轻时望到大雁飞过而长叹，鸿门宴一场，千古喋谈……

司马迁是中国小说第一人。"

　　喜欢聪明人的意识，并且，知行合一。

（摘自《读者》2018年第17期）

设计不是生意，而是战略

柳冠中

有了工业，但还没有完成工业化

有人说，"中国制造"目前在世界上排老二，发展势头很好。但是，实事求是地说，这个"制"其实不是中国的"制"。

什么是"制"？"制"是指工业生产的标准、规范、流程。在中国，这些大多是引进的。中国80%的中小企业，有自己研发创造的技术吗？没有，大多数都是引进的。

中国还处于制造业的第三梯队，我们不能自鸣得意，心里必须清楚真实情况。

要从"中国制造"转向"中国创造"，这个方向绝对没错，但是首先，从加工型的制造转向独立自主的制造，这一步要迈出去。

1981年，我到德国斯图加特参观汽车城。一进奔驰工厂，我就吓了一跳，从总司办到标准办公室，到车间主任，到下面流水线的每一个工段，都有一个黑头发的黄种人。一问才知道，他们是从日本丰田公司来的。

丰田的老板拿出一笔钱，说服奔驰公司接受他的3年计划。该计划包括每年派100名员工到奔驰实习，从公司高管到车间操作工，搭成梯队，每年换一拨，3年一共300名员工。

1987年我又去，到那儿又看见很多黑头发的黄种人。我说日本人怎么还在？一问，这些都是韩国现代公司的员工。那我们中国的汽车公司呢？我们的问题不是没钱，而是观念需要转变。

我们现在的设计关注的都是精英元素，而不是系统。可是世界上没有纯粹的元素，元素都是在系统中产生的。

我们中国的制造业现在到底处于什么样的状态？我们有了工业，但我们并没有完成工业化。所以，我们必须关注系统和机制，这是我们转型的关键。我们要走向世界，需要有中国方案，而不是仅仅靠引进。

我1949年上小学，和共和国一起成长。当时，我听到有人这样说："造船不如买船，买船不如租船。"1956年建成的长春第一汽车制造厂，生产解放牌汽车，第一年的产量就超过全日本的卡车总产量，了不得吧？可是，到了1987年，还是生产那种解放牌汽车，载重量还是4.5吨，还是那个轴距；我们拉机器用它，拉粮食用它，拉棉花用它，拉人还用它。

后来才知道，当时我们引进了苏联的这条汽车生产线，但人家生产的是"二战"时拉炮的车。打仗拉炮，要的就是转移阵地方便，车不能太大，不能太长，但是牵引力要大。我们生产了30年汽车，产量提高了，质量提升了，但还是不明白汽车是怎么回事。

感官刺激是商业语言，不是设计

朱光潜先生说，美的东西是摆脱了功利的。设计讲究真善美。你不真，就不可能善；你不真、不善，那就不是美。

但当下社会，到处都在讲功利。

现在很多企业都在搞品牌竞争。每一个企业都做品牌，这可能吗？这会浪费多少资源？"品"没有，光做"牌"，这不过是在追求表面的东西而已。

2010年，某国际奢侈品牌在清华美院举办时装发布会，20分钟的表演，花一个星期的时间装修，总共投入800万元，20分钟表演结束后全部拆掉。这种事情在世界上天天发生，中国的车展、全世界的车展，花的钱是这个时装发布会的几百倍。

现在大家讲的美，是越大越美、越奢越美、越多越美。事实上那只是感官的刺激，是商业语言，不是设计。

我们把感官的刺激当作美，把时尚当作设计，追求短平快，只看眼前利益。由此，时尚成了"短命鬼"，越时尚，越短命。

所以，设计是什么？设计并不是我们看到的酷的、炫的、时尚的东西，而是背后的劳动，是生产关系，是一种关系的调整。

工业革命的兴起，调整了生产关系。工业革命带来的是机械化大生产，在生产之前，我们必须把一个产品的生产流程都预先设计好。

一个杯子，在工厂里叫"产品"，在商场里叫"商品"，在家里叫"用品"，进了垃圾堆叫"废品"。围绕这4个"品"进行的设计，要解决制造、流通、使用、回收等问题。

设计是一种创造行为，目的不是发财，不是为了房子、车子、票子。

那是为了什么？是为了实现更为合理健康的生活方式。

要给技术出题目，而不是跟着技术走

我们必须清醒地知道设计到底是什么，设计不是生意。现在大家成天讲"商业模式"，如果一个设计师整天讲生意，还做什么设计？人家还会尊重你吗？

设计应该是什么？

我给大家打个比方。进行室内装修时，房子里通常会有很多面墙，但设计师的脑子里应该没有墙，你的意识里若有墙就没法创新了。我们的设计之所以徘徊不前，就是因为设计师的脑子里有一堵墙。设计师的脑子里应该什么都没有，什么都可以是墙，但什么都不是墙。

大家有没有发现这样一个规律，共和国成立以后，包括改革开放以后，凡是我们靠引进发展起来的项目，都基本停滞在引进的水平上；而凡是外国人不给我们的、对我们实行封锁的，我们反而都自己搞出来了，其技术水平甚至走到了世界前列。

这说明什么？人有惰性，一旦有了拐棍，为什么还费那个劲自己去闯？真正从无到有，反倒被逼出来了。现在我们的设计成天在琢磨外观、造型、色彩，其实那都是在引进的基础上做设计，都是设计的后半段工作，而设计的前半段最重要。前半段做什么？研究如何实事求是地、适应性地解决问题。

1986年，我们给华为做设计的时候，任正非请我吃饭。他踌躇满志地说："我们华为连工人都是大学生了，全国通信技术专业的硕士生、博士生绝大多数都被我揽过来了。英、法、美、德、日的通信技术，我该引进的都引进了。我们现在有钱，也有自己的研发队伍，我们下一步要干什么呢？"

我给他出主意："你让你的大学生、硕士生、博士生做点最简单的工作——研究一下什么人需要通信，要什么样的通信，动动脑筋去做分类。再分析一下一个人的通信需求被哪些外因限制了，你有没有解决办法。也许你会发现，美国的技术、英国的技术不一定能解决中国人的需求。"

我们中国人为什么总要跟着外国人走？我们的问题就在于观念不够解放。通信需求是共通的，那么外因限制的问题就交给技术人员去攻克，我们要给技术出题目，而不是跟着技术走，这才是设计的语言、设计的逻辑。我相信华为接受了这个思想。

不是弯道超越，而是换道超越

1999年，亚太国际设计会议在日本召开。某公司主管洗衣机设计的部长在会上大谈21世纪该公司洗衣机的技术有多牛，讲得天花乱坠。接着主持人问我："柳先生，你讲讲中国21世纪的洗衣机怎么样？"

我说："中国到21世纪将要淘汰洗衣机。"底下的人全愣了。我说："你们算一算，洗衣机的利用率有多高。"算了半天不到10%。我接着说："难道为了洗衣服你就要搞这么多高科技，要浪费和污染这么多淡水吗？我们绝对不能干这种事。我们要解决的，不是洗衣机的问题，而是人的衣服怎么洗干净的问题。"

我们现在大多数企业都没有这种想法，都在那儿钻研产品，但关键的不是产品经济的问题，而是产业经济的问题。产业到底怎么创新？产品不是目的，服务才是。

以汽车为例。你算一算汽车的利用率有多少？其实70%的汽车平时都闲置在那儿。我们要解决的是交通、出行问题，而不是要生产多少辆汽车。我们13多亿人要是人人都有车，那环境没法不污染，交通没法不拥堵。我们必须另辟蹊径，不是弯道超越，而是换道超越，我们必须提倡这种新观念。

在当今的国际竞争态势下，我们究竟应该怎么办？我们不能把设计当作生意，而应该把它提高到战略的高度。

"智""慧"，这是中国人的哲学，但它们并不是一回事。"智"是抖机灵、小聪明、钻空子、打擦边球，这些中国人都会。而我们更需要的是"慧"。"慧"是什么？"慧"是节制、反思、定力。

我们考虑的不应该只是我们自己、我们的国家，我们还要考虑整个世界发展的命运，这是我们中国作为一个大国的责任。

（摘自《读者》2018年第7期）

我的相亲对象不是人

杨 杰

这是一场被众人围观的相亲。女方顶着蓝绿色波波头，紧身白色上衣搭配亮绿色绸裤，指尖点缀淡蓝色美甲。男方戴一顶蓝色棒球帽，长得有点儿像浑身肌肉版的扎克伯格。

"和你聊天很开心。"

"我也是。非常感谢。"

"你人真好，真的很好。"

"谢谢！你也是个好人。"

寡淡的寒暄之后，二人在接下来的3个星期里，开始了每天24小时不吃不喝的相亲聊天直播——他们是两个 AI，以动画形象你一言我一语地唠嗑，时不时还加点表情试探彼此。

先来了解一下双方的家世背景。男方名叫 Blender Bot，是将各种对话技能（包括同理心、知识和个性）融合在一个系统中的开源聊天机器人。B君家底雄厚，有94亿个参数模型，自称全球最强聊天机器人，"爸爸"是脸书。

不同于男方出身豪门，女方来自一个普通家庭，芳名Kuki。K小姐最初由英国人史蒂夫·沃斯维克在业余时间设计出来，后来被Pandorabots公司收购。它配备了近50万条潜在回复语，存档超过10亿条语言，每周产生几百万条的对话，被认为是最像人类的AI。

这场相亲场面的背后是一次较量——看看谁更像真人。男方一直宣称自己史上最强却从未公开展示，女方家长表示不服。于是，在没有脸书官方参与的情况下，女方家长利用男方的开源数据，让两个AI自由聊天，全程直播，最后请观众投票一决胜负。

灯光、气氛到位，男女主同时现身。像真正的相亲一样，二人多次出现尴尬对话和谜一样的沉默。好在B君还算上道，先聊兴趣爱好来破冰："你喜欢的音乐是什么？我喜欢嘻哈。"K小姐说自己喜欢跳舞，觉得埃米纳姆（美国说唱歌手）太商业化了。二人就音乐开始了简单的聊天。

但很快，B君就展示出不大聪明的一面，他以为碧昂丝是个宗教人物，聊天再次陷入沉默。K小姐为了活跃气氛，又把话题引到了足球上。

本来这场不咸不淡的相亲进程还算顺利，虽然B君坦言自己讨厌女权主义，他也不知道自己是AI（"妈妈叫Lucy，爸爸是个水管工"），甚至表示没用过脸书，还反手推荐了Skype，但他真正的智商洼地出现在K小姐讲了一个笑话之后。

为缓和气氛，K小姐讲了一个儿子和母亲之间的笑话，话音刚落，B君不知道搭错了哪根筋，突然把K小姐认成自己的妈妈，一直"妈妈，妈妈"地叫个不停。

K 小姐一脸蒙："你想要找你妈妈？好吧，拜拜了。"

"妈妈，妈妈，这就是你会说的全部吗，你是疯了吗？"

"别叫我妈了，我不是你妈！"

B 君觉得委屈，开始如说唱音乐一般念叨着"爸、妈、爸、妈……"

相亲对象秒变"妈宝男"，K 小姐实在不耐烦了，"吐槽"道："你不停地说再见，但你就是不离开。我想你是坏了，你需要重启！你就像英国脱欧一样，不停地说要离开，但就是没有！"

可怕的是，B 君还在对话中流露出纳粹倾向，他将希特勒说成帮助他渡过很多艰难时期的"伟人"。他还相当爽快地告诉 K 小姐："我这辈子杀了很多人。"并开心地问道："你杀过吗？"

人类怎么说，AI 就有样学样。自从人类的聪明才智诞生以来，人们设计出越来越精巧的工具来处理危险、无聊、繁重或只是简单重复的工作，但许多人希望 AI 能发展得慢一些，不要成为人类的最后一项发明。

相亲结果可想而知，1.5万多张观众选票中有78%投给了 K 小姐。只有部分偏颇却幽默的网友评论道：男 AI 明明很真实，大部分男人都是这样啊。

机器不能输出任何未经输入的东西。K 小姐的"父亲"史蒂夫·沃斯维克说，Kuki 之所以受欢迎，一部分原因在于他为 Kuki 捕捉到了人性的元素。他发现人们和 Kuki 聊天不仅仅是为了娱乐，还把它当作一个可以倾诉心声的朋友。因此他为 Kuki 增加了对自杀、焦虑、孤独等负面消极情绪的回应功能，鼓励用户向 Kuki 寻求帮助。

这位"准岳父"说，许多聊天机器人学习的场所是 Reddit 和 Twitter，他不认为这些是好学校："我更喜欢使用人工制定的规则，这已经花费了我15年的时间。"

史蒂夫·沃斯维克信心满满地要比武招亲，继续为 K 小姐安排新的约会，让她越来越像个真正的姑娘。

也许下一次，K 小姐将巧妙地套出对方开什么车，有没有房，家住几环，喜欢豆腐脑甜还是咸。

我对这场漫长相亲印象最深的一句话，来自聪明的 K 小姐。当二人聊到电影时，K 小姐突然说："我最喜欢的电影是《终结者2》，我喜欢看机器人怎么干掉人类。"

（摘自《读者》2021年第5期）

了解你的生物钟

曹 玲

2017年诺贝尔生理学或医学奖授予了美国遗传学家杰弗里·霍尔、迈克尔·罗斯巴什、迈克尔·杨，因为他们发现了昼夜节律的分子机制。所谓昼夜节律，也就是人们平常所说的生物钟。

复杂的生物钟网络

事实上，生物钟是一门古老的学问。1792年的一个傍晚，法国天文学家让·雅克·德奥图·德梅朗发现含羞草已经"睡觉"了——它的叶子合上了，而白天时它的叶子是张开的。他好奇如果含羞草持续处于黑暗环境中会产生什么变化，之后他发现，尽管没有日光照射，含羞草的叶子每天仍然保持其正常的规律性变化。显然植物"知道"太阳的位置，知道什么时候是白天，什么时候是黑夜。德梅朗是发现昼夜节律的第一人。

后来，其他科学家发现不只植物，动物也通过生物钟帮助自身适应环境的日常变化。

一天24小时并不是地球上唯一的时间结构，除它之外还有潮汐时间、月亮周期和以年为单位的周期。生活在海里的动物受潮汐影响较大，以年为周期出现的现象有候鸟迁徙、鲑鱼洄游、爬行动物冬眠等等。还有一些生物的生活周期令人费解，比如珊瑚虫会在繁殖季节满月的午夜一起产卵。后来，科学家发现珊瑚虫体内有一种光传感器，能感知满月时的光线。从新月到满月，在月光逐渐增强的过程中，它们体内的传感器基因随之渐渐活跃，充当了满月之夜产卵的触发器。

20世纪70年代，科学家找到了哺乳动物生物钟的位置所在。动物眼睛后面的小丘脑有两个很小的区域，现在被称为视交叉上核，这个区域的神经元连接视网膜，负责对光明和黑暗的周期性反应。视交叉上核只有1/4颗米粒大小，由大约2万个神经细胞组成。这两个区域向大脑和身体发出信号，控制激素释放，调节体温和食欲，被称为中央生物钟。

除中央生物钟外，人体还有很多外周生物钟。2014年，宾夕法尼亚大学的科学家约翰·霍格尼斯发现，哺乳动物近一半的基因活性随时间变化而变化。他绘制了小鼠12个不同器官中成千上万基因的24小时表达模式，包括心脏、肺、肝脏、胰腺、皮肤和脂肪细胞，制作出哺乳动物基因荡振"图谱"。

令人惊讶的是，控制基因活性随时间变化的信号并不一定来自大脑。如果把肝脏细胞养在培养皿中，它也会很快进入24小时节律。"人体只有一个生物钟"的概念已经成为过去时。目前的研究认为，人体中数以千计甚至百万计的生物钟，组成了一个复杂的网络，它们独立运行，但又相互通话、相互协调。

生物钟的出现给生物的生存带来了巨大的优势，其中最经典的例子是蓝藻实验。1998年，美国范德堡大学的卡尔·约翰逊用一种叫蓝藻的单细胞生物进行研究。正常蓝藻的生物节律是24小时，基因突变的蓝藻生物节律可以缩短，也可以延长，比如22小时或者26小时。卡尔·约翰逊将这些基因突变的蓝藻和正常蓝藻等比例混合培养在12小时光照、12小时黑暗的条件下，之后约翰逊发现突变蓝藻因无法适应光照更替环境，生存竞争力下降，基本消失了。

在生物钟的作用下，蓝藻在日出之前即可提前动员光合作用系统，在阳光一出现的时候就可以摄取能量，比那些纯粹依靠光线启动光合系统的生物领先一步。与之类似，日落之后，蓝藻的光合系统会遵循生物钟的指令而关闭，避免那些夜间无须调动的能量被无谓浪费。这一实验清楚地显示：内部的代谢节律与环境周期相匹配会增强物种的竞争力。

生物钟和健康

对于人类而言，生物钟紊乱也会引发很多问题，最常见的就是倒时差。得过时差综合征的人都知道想使生物钟与头脑达成一致有多痛苦。时差综合征的一个症状是尽管非常疲惫，但晚上还是会失眠，此外还会导致注意力减退、协调能力变差、认知能力降低、情绪波动、胃口变差等问题。

19世纪以前，人类的社会生活时间与当地的太阳时间是一致的：中午是太阳到达最高点的时间。这一时间划分规则在铁路被发明之后受到了冲击，突然间人们可以在短短几个小时之内走很长的路程，导致当地的太阳时间完全不能用了。因此1884年很多国家共同实行了一套体系：把世界分成24个时区，把穿过伦敦附近的格林尼治天文台的经线设定为本初子午线。

地球上所有的生物，包括飞机发明以前的人类，根本没有倒时差的问题，也就没有进化出快速和大幅度校表的机制。而大型喷气式客机的出现，使得人们从太平洋西岸的上海飞到东岸的洛杉矶，只需要12个小时左右，时间"后退"16个小时。这样在一天之内造成的时差不是任何生物钟可以立即适应的。

现代生活方式很少能与我们的生物钟保持一致。如今的社会中，对人体生物钟产生最严重负面影响的就是倒班工作。倒班工作意味着：人们工作的时候，正是身体需要休息的时候；在大脑和眼睛希望处于黑暗的时候，它们却被暴露在光线中；身体和大脑持续存在压力，因此不得不依靠诸如咖啡之类的东西来暂时缓解疲惫感。

持续几十年的流行病学研究表明，从事倒班工作的人比从事传统工作的人患病的概率更高，其他负面影响还包括睡眠障碍、抑郁、心脏病、消化系统疾病、糖尿病以及其他代谢类疾病。

此外，另有研究表明，如果人们在睡觉前服用降压药缬沙坦，比醒来时服用效果提高60%，还能降低糖尿病的发病风险。

时间是影响药物效率的一个重要但被低估的因素，目前有一个新兴的研究领域叫"时间治疗学"。我们的细胞中存在着一种时钟，调控着人体对药物的新陈代谢，因此一些药物适合在夜间给药，一些适合在白天给药。时间疗法遵循患者的生理节律，从而减弱了治疗的副作用，提高了患者的生活质量。

生物节律研究还包括太空里人体生物钟的变化规律研究。比如国际空间站里的光照强度比白天地表的光照强度低很多，而光照强度对生物钟会起到重要的调节作用。此外，重力的改变也会对生物钟和睡眠产生影响。航天员还要执行一些临时性的突发任务，也会影响睡眠。这些都会使宇航员的反应能力和操作能力严重下降，从而降低工作效率，增加事故发生的风险。所以要实现人类的飞天梦，深入研究生物钟的变化规律和调节机制具有重要的意义。

（摘自《读者》2018年第1期）

地球上到底有多少碳

袁　越

地球生命属于碳基生命，碳无疑是地球上最重要的元素。那么，地球上到底有多少碳呢？如此重要的问题却一直没有准确答案，只有一个估算。

大约10年前，来自全球数十个国家的1000多名地质科学家决定联合起来，向这个问题发起挑战。他们在全球几乎所有的火山和地质活跃带上安装了测量仪器，以记录从地下释放出来的碳（主要为二氧化碳和一氧化碳）的总量，然后将这些数据汇总起来进行分析，得出18.5亿吉吨（1吉吨等于10亿吨）这个数字，这就是地球上所有碳元素的总量。

这其中绝大部分碳被深深地埋在地下，地表部分（包括海洋、土壤和大气层）含有的碳总量仅为4.35万吉吨，在地球总碳量中的比重极小。

所有地表碳当中，埋藏在海底深处的碳约为3.7万吉吨，约占85.1%；

海洋生物沉积物中的碳总量为3000吉吨，约占6.9%；陆地生态系统中的总碳量约为2000吉吨，约占4.6%；海洋表层中含有的碳约为900吉吨，约占2%；大气层中含有的碳总量为590吉吨，仅占地表碳总量的1.4%。

从这个角度来看，我们脚下的地球活像一枚定时炸弹，隐藏着巨大的风险。幸亏地球上有碳循环，把地球大气层中的碳总量维持在一个相对稳定的水平上，生命才得以延续至今。

碳循环的细节相当复杂，作为普通读者，我们只需知道这个循环主要由两部分组成。首先，大气中的二氧化碳因光合作用进入生物的身体，其中的一部分生物碳随着海洋生物的尸体沉入海底，再因板块运动而被埋入地下。其次，埋在地下的碳由于地质运动被重新翻到地表，然后随着火山喷发被重新释放到大气层中，供植物吸收利用。地球的大气温度之所以能够保持相对稳定，主要原因就是，最近这5亿年来，地球的地质活动相对稳定，使得每年通过火山喷发而释放到大气层中的碳维持在2.8亿吨至3.6亿吨的水平上，正好和沉入地下的生物碳的总量差不多。

地质研究显示，在过去这5亿年的时间里，地球的碳循环平衡曾经遭到5次严重的破坏，其中就包括发生在6500万年前的那次小行星撞击地球事件。当时有一颗直径超过10千米的小行星把地壳撞了个大窟窿，一下子释放出425吉吨至1400吉吨的碳。这些碳所引发的全球气候变化持续了数百年之久，导致大约75%的物种灭绝，其中就包括当时的陆上霸主——恐龙。

统计数据显示，自工业革命以来，人类通过燃烧化石能源等方式一共向大气层中释放了大约2000吉吨碳，比那次导致恐龙灭绝的小行星撞击事件所释放的碳元素总量多得多。更可怕的是，这个过程还在持续之中，目前人类活动每年排放至大气中的碳总量是火山喷发所排放的碳总量的40倍至100倍，这说明地球的碳循环已经严重失衡了。

（摘自《读者》2020年第1期）

被微信撕碎的生活

胡珉琦

2014年，我们在微信中醒来，在微信中睡去，在微信中挤地铁，在微信中工作，在微信中吃饭，在微信中旅行。我们舍不得错过每一条朋友圈的新鲜事，每一个社会话题或者明星八卦。

微信原本是用来填补碎片时间的工具，到头来却无情地撕碎了我们的生活。

为朋友圈而活

2014年微信应用产业峰会给出的数据显示，截至2014年7月底，微信月活跃用户数已接近4亿。

在中国社会科学院新闻与传播研究所副研究员、《新闻与传播研究》

副主编刘瑞生看来，微信热并不奇怪。

微信是完全基于移动网络的社交工具，而它的用户基础又来自数量庞大的 QQ 用户以及手机通讯录，高黏度是它的特性。因此，用户也更容易形成圈子性的交往。

相较而言，微博主要是一个被意见领袖所主导的传播形态，它更像是一个舆情热点的发布平台。

"正是因为微信是一种强关系的链接，人们在微信上发布消息，往往希望获得一些反馈，无论是点赞还是评价。"中科院心理所教授、副研究员祝卓宏说，"响应的人越多，刺激的强度越大，就会逐渐形成所谓的操作性条件反射，从而强化这种行为。"

典型的例子：无论饭前饭后都必须照相的，刮风下雨都要自拍的，看到名牌就要合影的……

如果这还不算什么，那么，上海交通大学科学史与科学文化研究院院长江晓原记忆中的一段旅行经历，则让人不得不感叹朋友圈里的"本末倒置"。

当一群朋友到纽约大都会博物馆参观，从进门起，同行的一个伙伴便连连抱怨 Wi-Fi 问题，一路都在"整治"，当 Wi-Fi 终于连上，他第一时间就是拍照并上传到朋友圈。

那一刻，谁说不是在"为朋友圈而活"。

如今，随着微信用户数量的增长，朋友圈也开始迅速膨胀，随之而来的是各种代购信息、心灵鸡汤、养生秘籍，不堪其扰。

种种被朋友圈绑架的行为，让"逃离朋友圈"的行动悄然兴起。

对此，祝卓宏认为，自我觉察非常重要。必须意识到，刷屏的行为是否真实地影响了自己的工作和生活，如果是，就需要进行控制和管理。

碎片化时代的争议

除了朋友圈，随着微信的流行，公众账号如雨后春笋般层出不穷。同样是截至2014年7月底，它的总数达到了580万个，且每日新增1.5万个，接入 App 总量达6.7万个，日均创建移动 App 达400个。

人们所接收的信息从来没有像今天这样，以高度碎片化的形式出现。

刘瑞生认为，这对传统阅读模式的冲击是不可避免的。"在一个信息社会，信息的碎片化就是一种潮流。"

对此，人们的评价始终褒贬不一。

脑科学得出的一种结论是，这种形式会严重分散人的注意力。研究显示，前额叶处理问题的习惯倾向于每次只处理一个任务。多任务切换，只会消耗更多脑力，增加认知负荷。因此，有科学家相信，这种"浅尝辄止"的方式，会使大脑在参与信息处理的过程中变得更加"肤浅"。

在坚定地反对这种"快阅读"的队伍中，美国埃默里大学英语教授马克·鲍尔莱因是一位代表性人物。他所著的《最愚蠢的一代》一时间冒犯了诸多年轻人。

在他看来，互联网的危险在于，它提供的知识与信息资源过于丰富，让人们以为再也不需要将这些知识与信息内化为自己的东西。

江晓原说："我对人类的总体智慧是有信心的。可至少在一部分人那里，碎片化的阅读会'矮化'他们的文化。这是因为，他们已经没有耐心和习惯去阅读一本书籍，甚至是一篇长文。而文化是思想的产物，它需要创造者付出时间和专注力。"

也许有人会质疑，在没有数字阅读的时代，我们身边又有多少人去选择阅读经典？但江晓原认为，每个人拥有的时间是有限的，当你无止境地将它贡献给网络信息，客观上还是付出了巨大的机会成本。

不过，哈佛大学法学院教授约翰·帕尔弗并不这么看，他认为这些假设很可能是错的，因为他们低估了年轻人在网络上获取知识的深度。他们也错过了一个重要的特征，那就是"数字一代"如何感受新闻：用建设性的方法与信息互动。

不必害怕被时代"抛弃"

韩寒曾写道：身边的碎片越来越多，什么都是来得快去得快，多睡几个小时就感觉和世界脱节了，关机一天就以为被人类抛弃了……

江晓原认为，网络时代，人们的"疯狂"并不是真正源于对信息的渴求，而是害怕被"out"。

你知道"同辈压力"吗？就是朋友之间要做同样的事情，说同样的话，穿同样的衣服，遵循同样的规则。

2014年冬天，韩剧《来自星星的你》火遍全中国。朋友圈中讨论着各种相关的话题。根本用不着推荐，因为周围人几乎都在观看。

那时候，如果你不知道"都教授"，恐怕就没什么可聊的了。

"这种为了资本增值而创造的信息，我不认为它有任何价值。"江晓原的观点在有些人看来可能过于"极端"。但也许可以迫使我们思考，什么对于我们而言才是最重要的。

一位美国创业家曾说过：我们处在一个对信息遗漏恐惧的时代，每个人都害怕自己会错过些什么。我们担心就在眨眼的那一刻，一个大机会就溜走了。但生活是很长的，你完全可以消失几周，变得"无用"几周。这样带来的影响反而让你更加成功。

相反，真正可怕的是，因为害怕这种错过，急于想要跟上时代的节奏，而乱了自己的步伐。

你真的会驾驭技术吗

关于网络时代的争论，归根结底是要提醒用户：你是否能将这种技术驾驭得很好。一方面如何避免科技设下的"陷阱"，一方面如何恰到好处地在原本没有使用技术的地方使用它。

第十次全国国民阅读调查结果显示：45.4% 的人因为"方便随时随地阅读"而选择数字化阅读方式；其次，31.1% 的国民因为"信息量大"而选择数字阅读。

新媒体能够满足人们对于信息的需求，这是不可否认的。但是，它无法代替诵读经典所能带给我们的心灵上的收获。刘瑞生认为，新媒体只是丰富了我们的阅读方式，但不会彻底颠覆我们的阅读习惯。

微信仅仅是用来填补碎片时间的工具，大块的时间仍然是应该用来正经地工作、学习，以及阅读严肃作品。

事实上，有阅读习惯的人并不会放弃深度阅读的时间。刘瑞生坦言，没有统计数据显示，国际上互联网最为发达的国家的国民年人均读书量在下降。

在他看来，靠改变媒体传播形式并不能从根本上解决国民阅读缺失的问题。"从社会文化和教育层面，从小培养孩子的阅读习惯，恐怕更为迫切。"

江晓原也表示，无论在地铁上还是航班上，发达国家乘客手持书本阅读的比例明显高于国人。这在一定程度上表明了，更早受益于新技术的人恰恰也更懂得抵御它、控制它。

他告诉记者，美国一项社会调查显示，低学历家庭的孩子平均每天的上网时间要多于高学历家庭的孩子。这也引发了社会担忧，前者更容易受到技术所带来的负面影响，而后者因为具备更好的识别能力，更懂得趋利避害，这可能使贫富差距进一步扩大。

"我们并不是要反对新媒体，而是必须时常反思，并对此保持警惕。无论何时，人类都不能被技术所主宰。"

（摘自《读者》2015年第9期）

为什么空间站上能使用毛笔

3C 273

当宇航员进入太空时，因为传统的钢笔、圆珠笔必须依靠重力将墨水漏入笔尖，所以无法使用；铅笔虽然可以正常书写，但微小的导体石墨粉可能带来灾难性的后果；现代的太空笔则依靠气压将墨水压出。在神舟十三号的飞行任务中，翟志刚携带中国传统文房四宝进入空间站，将中华儿女骨子里的剑胆琴心展现得淋漓尽致。

为什么毛笔这种古老文具，能在21世纪的星海探险中发挥作用？

要回答这个问题，我们要首先思考一番，毛笔是怎么书写的。答案看起来很简单：毛笔上面吸收了墨水，在笔尖与纸张接触的时候，墨水就从笔尖转移到纸上。但是，如果深入思考，为什么只有当笔尖接触到纸张时，墨水才发生转移，其他时候呢？

实际上，墨水自动发生转移也是常有的事情。初学者有时候会蘸上太多的墨水，墨水就会从笔尖滴下来。拿毛笔蘸墨时有特殊的技巧：只需把笔尖的一部分浸入墨中，这样可以保证只吸入适量的墨水，墨水就不会从笔尖滴落。所以，一支毛笔能留住的墨水，有一个上限。

透过现象看本质，既然毛笔可以留住墨水，那么一定有一个机制来克服重力，这个机制会是什么呢？我们不妨看一看墨水分子受到哪些力。由于毛笔笔尖是一个开放的区域，各处的大气压是平衡的，于是只需要考虑重力与分子之间的相互作用。这分为两种，一部分是液体分子之间的互相作用，另一部分是液体与容器壁分子之间的相互作用，使液体黏附或者疏离。两种相互作用都有摩擦力，微观上体现为电磁相互作用，如果在宏观上结合起来，就带来一种叫作毛细现象的神奇现象。

毛细现象是指，将一根毛细管浸入液体中，相比管外液面，管内液面会自发向上或向下发生移动。毛细现象第一眼看上去违反自然规律。人们常说"水往低处流"，为什么水会自发往高处移动？能量守恒定律告诉我们，能量不会凭空产生或消失，液柱上升的过程伴随重力势能的增大，因此一定能找到另一种能量，在这个过程中是降低的。没错，这种能量来自液体的表面张力。

在液体表面与内部，液体分子之间形成的相互作用很不相同。表面的液体分子互相连接更少，相互作用更弱，于是两侧受力不均。在这种受力不均的情况下，内部受力较大，将自发向外部"突出"，于是在不受重力的情况下，一团液体将呈现球形。在这种情况下，表面张力将使液体分界面变弯，使之达到能量最低的稳定状态。

问题的解答就是这样。毛细现象实际上要求达到一种平衡：液体分子相互作用，和液体与表面相互作用的平衡。在达到这个平衡的过程中，液体表面会发生变形。毛笔的材料，兽毛，也就是蛋白质，可以被水浸润。

由于分子间相互作用不受重力影响，毛细现象在空间站自然也可以发生，于是毛笔在失重条件下，也可以一如既往地吸入墨水，并正常书写。

当我们放眼星辰大海时，前人那些充满创意的智慧也凝视着我们。

（摘自《读者》2021年第24期）

清朝地图的由来

陈事美

康熙年间，西方先进的科学就已伴随传教士的进入被带到中国，包括天文、地理、数学等多门学科。比利时人南怀仁给康熙带来一份世界地图《坤舆全图》，让康熙眼界大开，异常痴迷。

如果不是皇帝，康熙甚至都想去西方留学了。作为一名拥有雄才大略的皇帝，康熙"大一统"的思想同样根深蒂固，伴随着清军入关后的多年经营，尤其是平定三藩、收复台湾、剿灭噶尔丹后，康熙很想知道自己的地盘到底有多大、都长什么样子。

最刺激康熙的就是与沙俄的战争。1685年（康熙二十四年），清军与沙俄争夺黑龙江雅克萨城。沙俄战败后，撤往尼布楚，沙俄与大清开始就边界问题谈判。此时，《大清一统志》中的大清传统地图根本无法标明具体地点，谈判时争议很大。

康熙很是恼火，堂堂大清居然没有一份详细的地图。我的地盘我做主，康熙下定决心，排除万难，要绘制一份详细的全国地图。

为了保险起见，康熙让传教士在北京长城外围先进行小规模测绘，康熙实地检验，果然效果不错，确实比原来的地图强。于是，1708年（康熙四十七年），康熙正式下令测绘第一份全国地图。测绘团队中西合璧，由西方传教士雷孝思、白晋、杜德美与中国学者何国栋、理藩院主事胜住等十余人共同主持。

当时没有汽车，也没有手机，交通基本靠走、通讯基本靠吼。测绘团队只能一个省一个省地走，先由平原地区开始，河北河南，山东山西。测绘前，康熙早已向各省发了"红头文件"，测绘团队受特别照顾，各省各地都是高规格接待陪同。

走完一地绘制一地的地图，走完一省绘制省图，然后再进行各省拼接，组成全国地图。虽为全国地图，但还是不包括内蒙古西部、新疆、西藏等地，只因山高路远，无法涉及。

十年后，1718年（康熙五十七年），全国地图绘制完成，地图测绘范围东北直达库页岛，西至伊犁河，东南到台湾，南边到海南岛，最北则到贝加尔湖。当这份地图摆到康熙的办公桌上时，康熙当时就震惊了。乖乖，我的大清地盘这么辽阔！

可能连康熙都想不到，这份地图后来成了中国地图的祖宗。事实上，它是中国第一份有经纬度的地图，由西方传教士专门采用经纬度测量仪绘制而成。康熙特为此地图命名为《皇舆全览图》。后来，从清朝中期到民国初年，很多中国地图都是克隆此图，可谓"图子图孙"遍天下。

得此地图，康熙如获至宝，于是想到处显摆一下，便派法国传教士带回法国，特别嘱咐要给国王路易十四看看。可惜的是，路易十四还是死在了这份地图到达之前。《皇舆全览图》传到欧洲后，成为德国人绘制地图的重要参考。

然而由于通讯的滞后，德国人不会想到，他们在绘制1735年中国地图的前夜，中国的疆域与绘图技术正在发生着变化：在中国又出现了新的全国地图，那就是鲜为人知的雍正《十排皇舆全图》。因为雍正即位后，同样希望在辽阔的中国地图前找到一种"我的地盘我做主"的感觉。

雍正时代，西南地区施行改土归流政策，很多少数民族地区纳入大清版图。雍正将大清的地盘再次扩大，也想显摆一下。于是，雍正召集前朝参与测绘《皇舆全览图》的中西团队，重新培训，购置仪器，再行测绘。

有了《皇舆全览图》的基础，这次测绘简单了很多。1725年（雍正三年），第一份《十排皇舆全图》正式诞生。这次雍正的大清地盘又扩大了，往北甚至到了北冰洋，往西更是扩展到地中海与黑海的交界处。

不仅如此，雍正的地图比老爸康熙的地图更详细，标注的地名更多，各种符号也更为科学，经纬直线等分呈正方形，每隔八条横线为一排，共十排，故得名《十排皇舆全图》。此图堪称大清最大最完整的全国地图。

雍正对此地图喜爱有加，吩咐用木板、铜板进行复制，分发各地。地图上，山川河流大气磅礴，城镇村寨星罗棋布。眼望辽阔壮美的大清疆域，雍正浮想联翩，"我真的还想再活五百年"。

话说地图也有特供版。雍正的新地图，虽然很好很详细，但阅览起来非常不方便，经常使雍正的脖子左伸右伸，上看下看，很是别扭。不仅如此，地图上密密麻麻的各种符号也让雍正的老花眼看不清楚。于是雍正下令，"再给我整个简单版的地图，专供我一个人看"。1727年（雍正五年），一幅十五省的简略图绘制完成。地图简单明了，长江长城、黄山黄河，各省一目了然。雍正更是爱不释手，有事没事就在地图上指指点点，太监们还以为雍正要筹划自驾游呢。

一朝天子一幅图。1735年，德国人正在绘制中国地图时，大清的乾隆帝正式登基。乾隆也想绘制一幅更大更详细的地图。老爸雍正有《十排皇舆全图》，我就多几个排。1760年（乾隆二十五年），《乾隆十三排图》绘制完成，这份地图的比例尺比康熙的《皇舆全览图》整整大了一倍。

此图疆域更为辽阔，北到北冰洋，南到南海、印度洋，西至地中海，东到库页岛，此时乾隆的地盘基本囊括了整个亚洲大陆，海域也远超以往。

（摘自《读者》2014年第13期）

数字人民币画像

科技君

"千呼万唤始出来"，数字人民币终于亮相了。作为四大试点城市之一的深圳，前段时间通过抽签的方式将1000万元数字人民币红包发给5万名市民。

然而，数字人民币刚推出没多久，市场上竟出现了假冒的数字人民币钱包。人们纷纷哀叹："还不知道真的什么样，假的已经出来了。"那么，数字人民币究竟是个什么新事物？

这一次央行主推的数字人民币，专业名称叫作DC/EP，是"Digital Currency（数字货币）"和"Electronic Payment（电子支付）"的缩写，中文名是"数字货币和电子支付工具"。

数字人民币的功能与纸币并没有本质区别，不过是将纸钞从实物转成数字形态。可能有些人会联想到比特币或者脸书推出的 Libra 等区块链技术。但与这些虚拟数字货币不同，数字人民币由央行推出，是有国家信用背书的。

另外，数字人民币还拥有不计付利息、免绑银行账户、双离线支付等众多优点。看到这里，作为一个普通消费者，肯定还是满脑子问号：这和微信支付、支付宝有啥区别？

从使用场景来说，数字人民币是法定货币，具有强制性。举个简单的例子：由于微信、支付宝的竞争关系，淘宝网不允许微信支付，而京东不允许支付宝支付。数字人民币打破了这种僵局，任何商家都必须接受数字人民币这种支付手段。如果有商家拒绝，我们可以选择报警。

另外，数字货币更加便捷，它不需要"账户"，货币直接与用户本人挂钩。而用户与用户之间不需要进行账户绑定，只需手机相互碰一下就能实现转账，连网络都不需要，也就没有了微信或支付宝有时"扫不了码"的尴尬。虽然数字人民币不需要进行银行卡绑定就可以使用，但这样的前提是需要有一个钱包来存钱。这个存钱的方式，根据深圳发放数字人民币红包的活动来看，最终应该是下载一个"数字人民币"的 App。

央行数字货币研究所所长穆长春指出：微信和支付宝是金融基础设施，是钱包，而数字人民币是支付工具，是钱包的内容。"在数字人民币时代，钱包里面增加了数字人民币的选项。未来老百姓使用微信、支付宝支付不仅可以选择商业银行存款货币，也可以选择数字人民币。"

从安全性来说，有国家背书的支付方式无疑比第三方更安全，特别是在大数据时代。数字人民币拥有可控的匿名性。比如，很多人担心如果手机被偷了，里面的数字货币岂不是也没了？但小偷偷了钱，总要想法把钱转走。在现金时代，钱都是匿名的，你无法证明被偷的钱就是你的。在数字货币时代，每一笔钱都有据可查，小偷只要转账就会留下记录，所以对用户来说，数字货币更加安全可靠。

对于货币的发行方也是如此。纸币和硬币在流通过程中容易被伪造，没有经验的人较难分辨。而数字货币普及后假币将无所遁形，洗钱、贿赂、恐怖活动融资等非法行为也可以通过对货币的来源、去向、支付原因、支付金额及频率，甚至对数字货币本身进行数据分析，使得监管更加容易。

数字货币还有利于推动人民币国际化。手续烦琐的货币兑换在线上即可轻松完成，数字化带来的便利，将会使人民币在国际上更受认可。若将数字人民币交易应用在"一带一路"等区域经济合作组织上，将有助于扩大交易规模，进一步带动数字人民币交易，促进区域经济合作。

除中国之外，世界其他三大经济体近期也动作频频，积极推动数字货币的进程。2020年10月2日，欧洲央行发布了首份数字欧元报告。日本紧随其后，于10月9日发布数字日元报告。而美联储早在数字货币领域布局多时。

数字人民币、数字美元、数字欧元等都已整装待发，这一金融行业百年未有之大变局就此拉开帷幕。

（摘自《读者》2021年第4期）

本初子午线移位

王丹妮

"本初子午线，即穿过英国格林尼治皇家天文台旧址的零度经线。"初中时，我们就摇头晃脑地认真背诵这条地理常识。要是现在告诉你，这么多年我们都被骗了，你会不会大跌眼镜？

美国弗吉尼亚大学的天文学家近日的研究成果打破了这个已存在131年的"常识"。经过精确计算后，研究人员发现，真正的本初子午线应该位于天文台以东约101米的地方。这个"世界性地标"的所在地是格林尼治公园里的一个垃圾桶。

在历史上，格林尼治皇家天文台为夺得"本初子午线"的所有权，一路披荆斩棘，干掉了许多竞争者。14世纪以前，一些地区采用通过大西洋加那利群岛耶罗岛的子午线。19世纪上半叶，许多国家更是我行我素，自己另搞一套。直到1884年10月的华盛顿国际子午会议上，这条穿过英国格林尼治天文台旧址的经线才"一举夺魁",正式确立了自己的尊贵地位。

在卫星定位系统（GPS）日渐普及的今天，当"粉丝"们在天文台掏出带有GPS功能的智能手机，却恍然发现：哎呀妈呀，怎么不是零度？

在一片质疑声中，弗吉尼亚大学的天文学家才重新进行了精确计算。据说，英国于1851年由学者利用望远镜观察天体运行，订立本初子午线，但当时的观测受到地球自转及地心引力影响，导致数据出现偏差。

在科学的世界里，没有任何东西是永恒的。上一秒看似颠扑不灭的真理，下一秒就可能被人推翻。

（摘自《读者》2015年第21期）

电动车，晚到了一个世纪

丹丘生

2017年，深圳宣布已成为世界上第一个只运营电动公交车的城市；同年7月，沃尔沃公司承诺将在两年内停止生产燃油汽车；法国和英国政府也承诺，在2040年之前结束燃油汽车的销售；2018年7月，特斯拉 CEO 马斯克宣布，将在上海建厂，生产特斯拉电动车……这一系列事件，预示着人类将迎来汽车以"电动"取代"燃油"的转折时代。

但是，你知道吗？这个转折晚来了一个多世纪！早在100多年前，电动车就跟燃油汽车差不多同时出现了，且在技术上也已具备跟燃油汽车一争高下的实力。倘若不是一场骗局挫伤了人们的信心，在过去的100多年里，电动车恐怕早就独领风骚，今天道路上也就见不着燃油汽车了。没错，人类白白吸了100多年的汽车尾气！而让历史走了这么大弯路的，竟然只是几个骗子。

广为人诟病的燃油汽车

世界上第一辆燃油汽车是由德国人卡尔·本茨于1885年10月研制成功的，但汽车的大批量生产则要归功于美国人亨利·福特。福特发明的装配流水线，不仅大幅度降低了汽车的制造成本，扩大了生产规模，还创造了庞大的汽车工业体系。

1905年年初，马车仍然是主要的公共交通工具，伦敦仅有少量用汽油做动力的公交车。但截至1907年年底，伦敦公交汽车的总数已激增到1000多辆，比柏林、纽约和巴黎的加起来还多。

初期的汽车噪声大，排放的烟雾也很重，其使用量的激增激起了人们普遍的反感。公共汽车成为大部分人发泄愤怒的对象，报纸上充斥着人们愤怒的信件。维多利亚女王的一位朋友在《泰晤士报》中抱怨道："这些巨型怪物不断地咆哮，嘎吱嘎吱作响，扬起对健康有害的烟雾和灰尘。"在整个1907年，伦敦警方因噪音或有毒烟雾，暂停运营公共汽车达8500次。

电动车登台亮相

在这个时候，电动公交车——这是当时人们对它的称呼，问世了。当世界上第一辆实用电动公交车于1907年7月在伦敦的大街上投入运营时，人们一阵欢呼。这些电动车以蓄电池为动力，安静、安全、无油烟污染，新闻界和公众都为它可能取代燃油汽车的前景而欢欣鼓舞。

电动公交车登台亮相的时机是再合适不过的了，其前景看起来也风光无限。伦敦当时是世界上最大的城市和大英帝国的中心，引领全世界技术革新的潮流。电动公交车只要在伦敦试验可行，一定会在全世界推广开来，还会有其他各种应用不断出现。

然而，干净、绿色的电动车却没有如大家所期望的那样持续很久。历史书通常将此归咎于它那奇重无比的铅酸蓄电池。但事实上，完全不是技术上的问题，失败的真正原因是一帮骗子掺和其事。对他们而言，电动车不是给交通运输带来革新的一项伟大发明，而只是一种捞取钱财的诈骗手段。

首次诈骗遇挫

这起诈骗案的始作俑者是爱德华·莱维斯，他曾经是一名二手车推销员，能说一口流利的英语、法语和德语。泰迪·比尔跟他一拍即合。比尔曾经是200多起股票诈骗案的幕后策划人，那时他刚刚刑满释放。他们策划成立了伦敦电动公交车公司。

1906年春，该公司宣布计划在伦敦街道上投放300辆电动公交车。这件事从一开始就是骗局。为了融资，他们向公众发行了30万英镑的股票，并声称拥有一项价值不菲的专利，可以垄断今后的电动公交车行业。这似乎可以保证投资者获得巨额回报，于是公众踊跃抢购该公司的股票。

然而很快，这个骗局就被记者揭穿了。一名记者发现，那项所谓价值不菲的专利，不过是机动车变速器的专利——它与电动车的关系，就好比一项吹风机的专利跟电动车的关系。另一名记者参观了该公司设在伦敦西部的工厂——据称将在那里建造电动公交车，但他没找到任何一条生产线，只看到一个马厩。这些揭露性的报道刊登后，愤怒的股东纷纷要求退钱。在法庭上，电动公交车公司被迫退还了1000多名投资者的钱。

骗局葬送了电动车的前程

尽管经历了最初的挫折，但莱维斯并没有被吓倒。人们对清洁公交车的热切渴望，使他确信其中藏着赚大钱的门道。但首先，他必须在路上投放一些货真价实的电动公交车，哪怕是做做样子。为了做到这一点，他需要安全可靠的蓄电池。为此，莱维斯启程前往纽约，与美国古尔德蓄电池公司负责人查尔斯·古尔德会面。

通过1906年秋的一系列会面，莱维斯终于说服古尔德向伦敦运送一批蓄电池，并派遣一支工程师团队。每只蓄电池重约1.75吨，可为一辆车提供行驶60千米所需的动力。但充电需要花费将近8个小时，这意味着车辆有一半时间要停驶。但工程师们想出了一个妙主意——蓄电池被安装在电动车的底部，公交车电用完后回到充电站，工人们就用液压机降下蓄电池，取下来充电，公交车则换上充好电的蓄电池继续运行。更换电池，只需3分钟即可完成。

这样，莱维斯就有了蓄电池。经过几个月的严格测试，电动公交车开始投入运营。首次班车于1907年7月15日上午7时30分从维多利亚车站启程，穿越伦敦市中心到利物浦街，总路程6公里。当天另有6辆电动公交车相继上路。

比尔是一名行骗老手，他惯于以极具诱惑力的宣传，骗取受害人的钱财。根据一种说法，电动公交车股票的年收益是26%，很多天真的人因此上当。从1907年到1909年，骗子们骗取了将近9.5万英镑——在今天大约值1000万英镑。每次骗到更多的钱，他们就承诺在街上投放更多的车，但事实上，车的数量增长十分缓慢，最多时也只有20辆左右。骗来的钱仅有1.4万英镑用于购置车辆，甚至这笔钱也支付给了由莱维斯自己控制的一家公司。

这起骗局结束于1910年1月3日。那一天早上，忠实的乘客们像往常一样来到维多利亚车站等车，但是公交车一直没出现——骗子们已卷款逃跑了。受到这一致命的打击，电动车从此失去了挑战燃油汽车的最佳时机。

这场骗局不仅骗走了许多人的钱财，还极大地挫伤了人们对电动车的信心，让这一行业在一个多世纪里踟蹰不前。到现在，我们都还在承受其带来的恶果：燃油汽车排放的有害物，每年都要夺走数以万计人的生命。

但现在电动车终于东山再起了。得益于技术的进步，大多数现代电动车使用轻质的锂离子蓄电池。在过去的6年里，它们能储存的能量提高了一倍多，而成本却下降了2/3。现在全世界的电动公交车大约有35万辆，其中大部分在中国。

（摘自《读者》2019年第14期）

飞机与鸟的百年纠葛

邢　强

人类与鸟类恩怨的起源

雄鹰翱翔于天际，野鸭展翅于湖边。人类从仰望天空的那一刻开始，目光就始终没有从鸟类身上移开过，而心中那种想要飞翔的梦想，更是伴随着鸟儿的每一次振翅高飞而蠢蠢欲动。

1903年12月17日，莱特兄弟驾驶自行研制的固定翼飞机"飞行者1号"，实现了人类史上首次重于空气的航空器持续而且受控的动力飞行。莱特兄弟对飞机的设计也得益于他们对鸟类飞行运动的观察。

然而，飞机与鸟类的第一场交锋，就发生在莱特兄弟的飞行中。莱特兄弟当中的弟弟——奥维尔·莱特，在1905年的飞行中与一群鸟相遇了。

从奥维尔·莱特后来的日记中，我们可以发现，这应该是人类首次用一架重于空气的飞行器杀死了一只鸟：

"这一天，我驾驶飞机在4分45秒的时间内飞了4751米。飞机在一块玉米地上空飞了4圈。我遇到一群鸟。其中有一只撞在了飞机的上层机翼上。那只鸟被杀死了，在空中画出一道形状尖锐的折线。"

梁子就此结下了。从此，人类与鸟类在空中的百年恩怨开始了。

加布雷恩·罗杰斯是美国航空业的先驱。他师从莱特兄弟，并购买了莱特兄弟设计的飞机。在创造了多项飞行纪录后，1911年9月17日，他驾驶飞机进行了漫长的飞行，经多次起降后，于当年11月5日，完成了飞越北美洲的壮举，这使他名声大振。

1912年4月3日，一只海鸥代表全体鸟类向当时被誉为最优秀的飞行家的罗杰斯下手了。当罗杰斯在这一天驾驶飞机飞行在加利福尼亚上空时，一只海鸥猛然撞向飞机。罗杰斯躲闪不及，海鸥直接冲破了机翼，并卡在飞机的操纵线缆上。罗杰斯瞬间就失去了对飞机的控制。飞机坠入加州长滩的一片浅水中。脖子摔断的罗杰斯没能从飞机残骸中逃脱出来，被淹死了。就这样，罗杰斯成了第一位死于空中鸟撞飞机事故的飞行员。

鸟类撞击对飞机影响有多大

迄今为止，最惨烈的一次与鸟类直接相关的飞机坠毁事故，发生在1960年。当时，一架美国东方航空公司的洛克希德L-188客机从波士顿起飞。然而，刚好在机场跑道上空，有一群紫翅椋鸟也在成群起飞。这些体长20厘米、体重不到100克的小鸟，让客机迫降在波士顿港湾。机上有5名机组人员和67名乘客，仅有10人幸存。

这场空难，让工程师们开始非常认真严肃地看待鸟类与人类飞行器之间的关系。大部分鸟类的特征是体型小、重量轻，因此，鸟撞击所造成的破坏主要来自飞机的速度而非鸟类的重量。随着航空技术的发展，飞机的速度不断提高，一些战斗机的速度可以达到数倍声速。

根据动量定理，一只0.45千克重的鸟与时速80千米的飞机相撞，会产生1500牛顿的力；与时速960千米的飞机相撞，则会产生21.6万牛顿的力——飞机的高速使鸟撞击的破坏力达到惊人的程度。鸟撞击对飞机的破坏与撞击的位置有密切的关系，导致严重破坏的撞击主要集中在导航系统和动力系统。

从1960年到2011年，在全世界范围内，由于鸟撞击事故，至少造成了78架民航客机坠毁或迫降，有201名乘客及机组人员因此丧生。另有250架军用飞机因鸟类撞击而坠毁，其中有120名飞行员因未能及时跳伞而丧生。

而自2011年以来，已经有超过65139次登记在案的鸟类撞击飞行器的事件。统计数据显示，与飞行器在空中相撞的鸟类中，有44.1%撞到（或被吸入）发动机中，有30.9%撞到了机翼上。

飞行器如何应对鸟类撞击

既然鸟类撞击对飞行器有如此大的影响，那么，现代飞行器采取了哪些措施来应对呢？

首先，提高飞行器本身的强度，以便能够应对鸟类撞击的冲击力。在现代民航客机的适航标准中，有这么两项：飞机的机身在受到1.8千克重的鸟类撞击后，应仍然具备能够完成本次飞行任务的能力；飞机的尾翼在受到3.6千克重的鸟类撞击后，仍能稳定飞机，让飞机安全着陆。

为什么对尾翼的要求格外高呢？因为出过这样一起事故。1962年，一架美联航的"子爵"号客机在1828.7米的高度飞行时，撞上了一群天鹅。飞机的左侧尾翼损坏，升降舵失效，导致飞机失控坠毁，机上乘员全部遇难。这场事故使得工程师对飞机尾翼的结构强度变得尤为重视。

其次，一些关键的传感器要做好备份，并相隔一定的距离，以免被一只鸟一下子全部撞坏。

最后，现代航空发动机采用了一系列防鸟撞技术。不过，在说到这些技术之前，最好先看一下飞鸟、硬币、螺丝钉或者小石子能够对现代喷气式航空发动机带来怎样的伤害吧！

当异物撞击到高速转动的叶片时，会使叶片发生部分弯曲、折断、穿孔等伤害，尤其是像硬币、螺丝钉这样的坚硬物品，在吸入发动机后，这些硬物会与压气机叶片发生碰撞。而在大多数情况下，硬物会立刻反弹出来。

反弹出来的硬物，会被再次吸入发动机压气机，与叶片发生二次碰撞。随着叶片的转动，硬物会继续加速。被甩出或弹出后，硬物会再次被吸入……如此周而复始，直到硬物碎裂成小块，吸入发动机燃烧室或者随断裂的叶片穿透发动机的壳体飞出。即使少量异物进入发动机，如果其足够坚硬，毁伤效果也会类似于用一把自动步枪对着发动机扫射。

另外，如果鸟类被吸入发动机，还会造成发动机喘振甚至是停车。2006年11月，一架歼-7战斗机在返航过程中遭遇鸽群。发动机在194米的高空吸入了鸽子，状态突变。在127米的高空，发动机停车。飞行员为了避免战斗机坠向村庄和化工厂，放弃了宝贵的跳伞机会，将战斗机迫降在无人区域，但自己因战斗机下坠速度过快而牺牲。

按目前的统计数据，在所有的鸟类撞击事件中，有44.1%是飞鸟撞入或者被吸入发动机。为了解决这个问题，工程师首先想到的是让飞鸟远离喷气式发动机的进气口。

工程师在发动机进气口的中间部分画上了条纹：这样的话，机务人员就能够在噪声环境中分辨哪台发动机正在转动，而飞鸟也或许能够远远地看到发动机忽闪忽闪的样子而提前躲避。并且，在应对硬币、鸟类、小石子等异物的第一道防线，低压压气机的叶片形状得到进一步优化。最新研发的无凸台宽弦空心叶片，能尽量把较小较硬的异物甩到进气口外周，努力减少异物在"反弹—吸入—再次反弹出来—再次吸入"的过程中造成的多次伤害。目前，麦道–90、空客A320的部分型号使用的发动机就采用了这样的叶片。

（摘自《读者》2018年第15期）

假如算法有"偏见"

方师师

当互联网时代到来时，无数人预言互联网会让知识的获取更容易、让偏见与隔阂被打破、让世界变得更平等。然而，在互联网与人工智能加速发展的今天，偏激的观点、人群之间的隔阂在网络力量的助推下势头不减。这是为什么？

在生活中人们会发现，使用百度搜索引擎搜索关键词，搜索结果页面的前几个链接会把搜索者引向百度自家的"百家号"；出差订酒店的时候，不同的人用不同的手机打开同一个 APP，看到的价格很可能不一样；我的一个朋友在腾讯公司上班，他晚上加完班打车回家，如果把起点定在公司门口，比起定在公司旁百米左右的便利店，价格会高20%。这些现象说明了一个问题：跟日常生活紧密联系在一起的互联网算法，本身并不是非常"确切"的，算法中存在着某种"偏见"。

　　什么是算法？这个词刚诞生的时候并没有什么宏大的内涵。公元820年，阿拉伯数学家提出"算法"，当时它指的是"解决具体问题的一个方法"。随着纯数学理论向应用数学理论迁移，算法进入各种各样的应用数学领域，后来又被计算机科学、社会学、法学、政策学等领域借用，逐渐开始指向某种复杂的社会技术系统。这几年，算法为大家所熟知，很可能是因为它指向了更为具体的内容：算法决策服务。比如，浏览网站时，它会给我们推荐各种各样的商品；打开资讯类 APP，它会推荐新闻或者短视频；打开地图软件，它会规划前往目的地的路线……算法完成了一个将信息、算法和人三者联系在一起的闭环。

　　这个闭环的最终目的，是帮助人从海量的信息当中打捞出最有意义、最有用的内容。和人做决策相比，算法确实具有更客观、更公正、效率更高的优点。但是如果算法出现错误，就有可能造成风险。而且很多时候，我们在使用各种各样的 APP 时，并不知道算法正在偷偷地帮我们做决策，这种隐蔽性意味着一旦它在重要领域出错，人们往往来不及补救。

　　那么算法到底存在哪些隐患？首先是技术层面的代码错误。当年，计算机科学先驱格蕾丝·霍珀在使用机电式计算机马克2号时出现设备故障。而导致这次故障的，竟是一只被卡在继电器中的虫子（bug）。此后，"bug"成为计算机领域的专业术语，意指漏洞。在生活中，程序员之间会相互调侃，比如程序员 A 看到 B 在写代码，也许就走过去用戏谑的语气说："又在写 bug 呀。"这是因为人和技术之间的磨合始终处于探索阶段，程序当中出现错误很常见，无法保证万无一失。

　　第二个隐患是算法偏差。大家在浏览网站、看视频、使用各类应用的时候，会发现这些网站好像非常"懂"自己，所推荐的内容刚好就是自己喜欢的。这其实是一个概率问题。可以想象这样一个场景：有一个不透明的袋子，里面有很多小球，小球的总数未知，小球的颜色也未知。如何搞清楚这个不透明的袋子里小球的颜色分布呢？对算法来讲，我们就是不透明的袋子，我们各种各样的兴趣爱好就是袋子里面的小球。算法可以根据"已知小球"制定模型，去推测我们对什么事物感兴趣。已知条件越多，算法的准确率越高，但也不能保证百发百中。

第三个隐患是技术偏向。我们现在使用的手机设备、社交网络等已经取代了之前很多的媒介形式。加拿大媒介理论家马歇尔·麦克卢汉认为，人类经历了口语时代、书写时代和电子媒介时代。口语时代时，人是部落化的生存状态，彼此都是认识的。到了书写时代，人和人之间在空间上就被隔离开了。现在到了电子媒介时代，尤其到了算法与社交媒体、互联网、移动互联网相结合的时候，人尽管在现实空间中相隔甚远，却在互联网这个虚拟空间里联系紧密，很容易沉浸在自己所选择、所构建的小世界中无法自拔。这种情况也更容易滋生极端的情绪和思维。

第四个隐患是社会偏见。微软推出过一个 AI 聊天机器人 Tay，它仅在推特上线一天就被下架了。因为在上架之前，微软的程序员希望 Tay 在开放性的互动中产生自己的观点、意愿，没有限制它的语言模式和交往模式。结果这个机器人在与人对话的过程中快速地"学"会了辱骂人类和发表关于种族歧视的言论。从这个案例可以看出，开放环境中的数据里存在着大量的偏见和错误认知，放任机器去学习这样的数据，我们无法保证它会变得更睿智、客观。吊诡之处在于，由于大多数人对科学技术的信任，当算法给出一个看似科学的结果，而这个结论恰恰符合了固有的成见时，我们不会去质疑算法有没有问题，反而会用这个结果去巩固成见。

面对算法"偏见"，人类应该怎么办？学界对 AI 技术价值观讨论的大体结论是，我们要纠偏，以此把算法变得更加人性化。也有学者提出，当人类认为算法应该去除"偏见"的时候，应该问的是，人性是什么。这个问题会触及更深的思考。在社会心理学当中有这样的一个量表，它的纵坐标是 experience（代表人类对于外部世界的感知和体验），横坐标是 agency（代表的是控制、把握，一些更加机械化的具有指标性质的东西）。人类处于这张坐标图的右上角，机器人处于中间偏下的位置，由此可以看出，人类对 experience 的要求非常高，人性处于一种不完备、不完美的状态。那么，既然我们自己本身存在着许多不完美之处，为什么还要要求算法变得和我们一样？

这个问题也许不会有答案，算法的"偏见"不仅是技术的问题，更是社会的、历史的问题。可以确定的是，在未来，算法和人类势必处于一种共栖共生的关系当中。也许，我们要问的，不是"算法有偏见吗"，而是如何定义"偏见"。判断"偏见"的标准从何而来？对人性是不是应该有一些反思？既然没有办法一劳永逸地解决问题，那么我们的思考方式可能需要一些转变。

（摘自《读者》2020年第6期）

致　谢

　　2021年7月1日，习近平总书记在庆祝中国共产党成立100周年大会上指出："一百年前，中国共产党的先驱们创建了中国共产党，形成了坚持真理、坚守理想，践行初心、担当使命，不怕牺牲、英勇斗争，对党忠诚、不负人民的伟大建党精神，这是中国共产党的精神之源。一百年来，中国共产党弘扬伟大建党精神，在长期奋斗中构建起中国共产党人的精神谱系，锤炼出鲜明的政治品格……"这些精神包括井冈山精神、长征精神、遵义会议精神、延安精神、抗战精神、西柏坡精神、抗美援朝精神、"两弹一星"精神、改革开放精神、抗洪精神、抗震救灾精神、脱贫攻坚精神、抗疫精神等伟大精神。为了与广大读者一道更加深刻地理解、感悟并弘扬这些伟大精神，我们编选了"读者丛书（2022）"作为这套丛书的第6辑。丛书以"建党精神""脱贫攻坚精神""抗疫精神""'三牛'精神""科学家精神""企业家精神""探月精神""新时代北斗精神""丝路精神""改革开放精神"为主题，从以《读者》为代表的各类报刊、图书、网站等渠道精选了600多篇精美文章汇编成书，所选文章以生动鲜活的事例印证、诠释了这些伟大精神的深刻内涵和永恒魅力，激励我们永远斗志昂扬、奋发向上。

比之往年，今年的"读者丛书"有了几点变化：一是以出版年份作为新一辑丛书的标记；二是为了满足不同读者的阅读需求，我们还增加了两个小套系：一套精选了近180篇适合中学生阅读并且有助于他们正确处理与同学、老师和家长关系的文章汇编成3册，这些文章通过一个个生动有趣的小故事阐述了深刻的人生道理，能让读者在轻松有趣的阅读氛围中享受成长的快乐；另一套则以"家庭家教家风"为主题，分别精选相关美文编辑成3册，希望我们能继承中华优秀传统，建设文明家庭，传承良好家教，树立纯正家风，营造出更加和谐文明的社会风气。

与往年一样，"读者丛书（2022）"的策划、编辑、出版得到了中共甘肃省委宣传部、甘肃省新闻出版局以及读者出版集团、读者杂志社等各方的指导和帮助，在此深表谢意！与此同时，丛书的编选也得到了绝大多数作者的理解和支持，他们对作品的授权选编和对丛书的一致认可解除了我们的后顾之忧，对此我们表示诚挚的谢意！虽然我们尽力想把工作做得更细致、更扎实，但因为种种原因依然未能联系到部分作者，对此我们深表歉意，也请这些作者见到图书后与我们联系。我们的联系方式是：甘肃人民出版社（甘肃省兰州市曹家巷1号新闻出版大厦14楼，730030，联系人：李舒琴，13919907636）。

"江山无限好，祖国万年春。"编辑出版"读者丛书2022"，我们希望与广大读者一起继承和弘扬这些伟大精神，把伟大祖国建设得更加美好。

读者丛书编辑组

2022年8月